플레이!

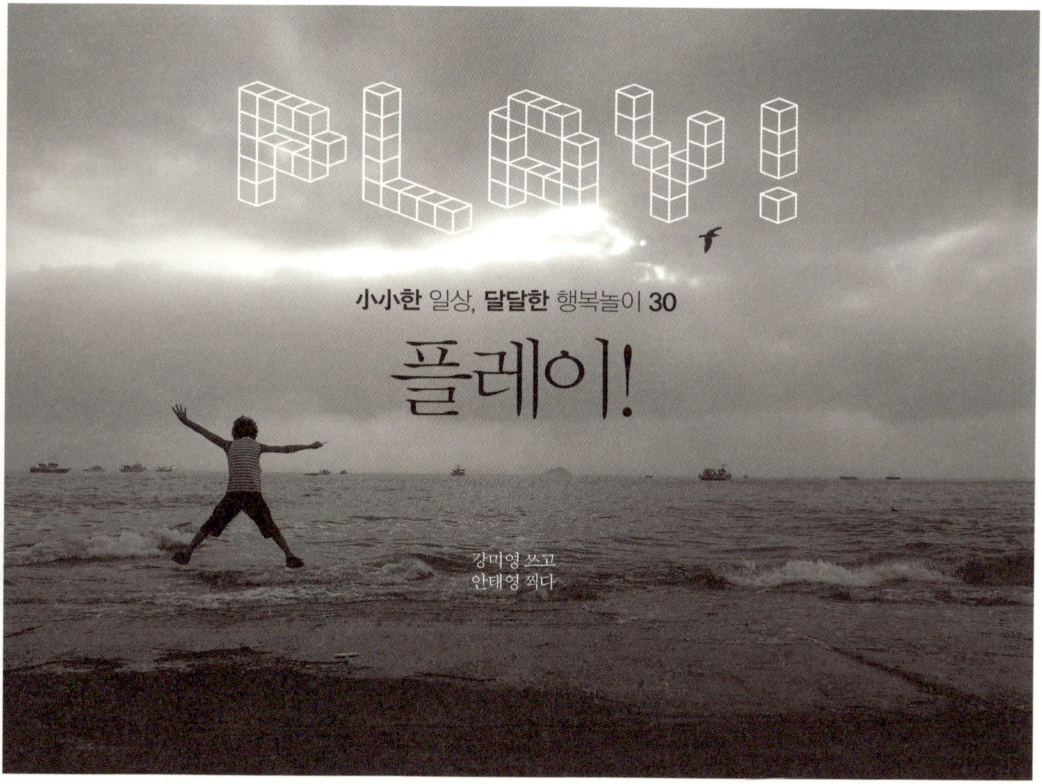

PLAY!

小小한 일상, 달달한 행복놀이 30

플레이!

강미영 쓰고
안태영 찍다

일상에서 행복해지는 법

일상은 늘 벗어나고 싶은 어떤 것이다. 항상 '반복'이라는 말과 붙어 다니는 일상은 지루하고, 고리타분하고, 뱅뱅이 안경 낀 모범생 같은 모습으로 우리를 숨 막히게 한다. 이곳을 벗어나 여기가 아닌 곳으로 가기만 한다면, 하루 한 가지만이라도 나에게 색다른 이벤트가 벌어진다면 지금보다 훨씬 행복해질 것 같다. 그렇게 우리는 일상탈출을 꿈꾼다.

하지만 우리는 잘못 알고 있다. 일상은 우리가 행복을 찾기 위해 떠나고 탈출해야 하는 곳이 아니라 행복해지는 방법을 찾아 실험하고 연습하는 곳이어야 한다. 두 발을 딛고 매일을 살아가는 지금, 바로 여기서 행복해지지 않으면 다른 곳에서도 우리는 행복해질 수 없다.

우리가 벗어나고 싶어 안달인 일상 속에 비상 탈출구가 있다. 우리가 그토록 떠나고자 했던 그 일상 곳곳에 행복이 숨어 있고, 우리의 숨통을 트이게 하는 것들이 있다. 다만 우리가 알아차리지 못했을 뿐이다. 알면서도 일부러 시선을 피하기도 하고, 너무 작은 움직임들이라 알아차리지 못하기도 하고, 바쁜 발걸음에 충분히 음미하지 못하기도 한다.

이 책은 일상을 벗어나기 위해 1박 2일로 다녀오기 좋은 곳들을 소개하는 여행책이 아니다. 오히려 누군가 한 번쯤 또는 매일 만나고 있는 일상의 어떤 일들에 대한 이야기이다. 하루하루를 조금씩 다르게 장식하는 방법이기도 하고,

같은 일을 두고 다른 관점에서 해석하기 위한 노력이기도 하고, 전혀 엉뚱한 것들을 생각하고 가끔 실천도 해보는 자유로운 시도이기도 하다. 그렇게 일상의 것들을 조금 더 깊이 들여다보고 마음으로 만져보면서 그 의미를 새롭게 발견하는 과정을 담고 있다.

때론 가던 길에서 뒤돌아서기만 해도 풍경이 달리 보일 때가 있다. 만일 우리가 뒤돌아서지 않았다면 그 풍경은 같게 보였을 것이다. 결국 우리에게 중요한 것은 가끔은 낯설게, 때론 뒤집으며 일상을 흥미롭게 보는 것이고, 일상의 탈출구를 이 안에서 찾겠다는 마음가짐이다. 이 책이 당신에게 그 믿음을 줄 수 있길 바란다. 그리하여 이 책을 읽은 누군가가 도화지를 길게 말아 눈에 대고 그곳을 통해서만 인생을 바라보던 시선에서 벗어나야겠다는 결심을 할 수 있길 바란다.

일상의 의미를 찾아내기 위해 우리 모두가 철학자가 될 필요는 없다. 그저 현명한 어떤 한 사람의 깨달음만큼 우리가 살고 있는 보람찬 하루의 즐거움을 존중할 수 있으면 된다. 여행의 신선함만큼 일상의 발견을 즐길 수 있으면 된다. 그것만으로도 우리는 일상을 더 가볍고 명랑하게 이해하고, 즐겁게 그 안으로 뛰어들 수 있을 것이다.

주변에 있는 하나하나에 당신의 탈출구가, 행복이 깃들어 있다. 그것은 누가 쟁취하느냐의 문제가 아니라 누가 발견하느냐의 문제이다. 살아가면서 얼마나 많은 탈출구를 찾아내느냐가 우리가 얼마나 행복해질 수 있는가를 결정짓는다. 그런 탈출구들을 만나는 순간순간마다 행복을 느낄 수 있으니 말이다. 그러니 지금부터라도 일상 속 나만의 비상 탈출구를 열심히, 하나씩 찾아보자.

PLAY!

EYES / 자유로운 시선

!NFLUENCE / 따뜻한 관계

PLAY!
1

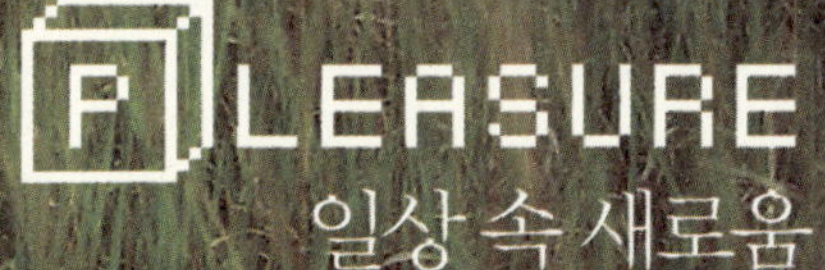
PLEASURE
일상 속 새로움

축제의 한순간을
일상으로 초대하기

케이크

올 가을은 너무 쉽게 끝나버렸어.
기념해야 할 일을 하나도 만들지 못했다구.

그래서 오늘 집에 갈 때는 케이크를 하나 살까 해.
이 가을이 가기 전에 하루는 기념해야 하잖아.
아무 일 없이 케이크 산 날로 오늘을 기록해야지.

왠지 낭만적이지 않아?

길거리에 꽃다발을 쥐고 걸어
가는 사람이 많아졌다. 졸업 시
즌도 아니고 어버이날이나 스승의 날처럼 꽃다발로 위장해야 하는 날도 아닌데
꽃다발을 들고 이리저리 뛰어다니는 사람이 참 많다. 특별한 날에만 사치스럽
게 갖췄던 것이 이제는 일상에서 아주 가깝게 만나볼 수 있는 낭만이 되었다.

예전에는 꽃다발이라고 하면 무조건 빨간 장미 한 송이를 안개꽃으로 감
싼 것이 가장 운치 있고 멋있었다. 돈이 조금 더 있는 날에는 장미를 세 송이,
다섯 송이 (꼭 홀수로 넣는 것이라며) 추가하기도 했고, 아예 안개꽃만 잔뜩 넣
어 풍성한 꽃다발을 선물하는 것이 멋이라 생각하던 시절이 있었다. 돈이 부족
한 날에는 하얀 땡땡이가 그려진 비닐 포장지로 안개꽃이 많은 것처럼 위장하
기도 했다. 빨간 장미만 스물세 송이가 묵직하게 들어 있는 꽃다발을 받는 것
은 그야말로 대박이었다. 그러다가 포장이 점점 화려해졌고, 망사 포장지와 부
직포로 꽃보다 더 큰 치맛자락을 두른 꽃다발들도 나타났다. 리본도 두세 개씩
치렁치렁 묶어주고 손으로 잡을 공간이 없을 만큼 장식을 잔뜩 끼워주는 꽃집
이 꽃다발을 잘 만드는 집으로 소문나기도 했다.

이제는 꽃다발 포장도 화려함에서 소박함으로 되돌아간 것 같다. 큰 장식
없이 최대한 꽃이 잘 보이게 포장하는 것이 유행이다. 퇴근길에 만난 어떤 남
자는 분홍색과 보라색 꽃들이 어우러져 있는 꽃다발을 들고 뛰어갔다. 내가 한
창 꽃다발을 사던 시절에는 없던 꽃인 것을 보니 개량되거나 수입된 꽃 같았
다. 투명 비닐에 그저 둘둘 말린 듯 보였지만 그 덕에 꽃이 더욱 돋보였다.

지하철에서는 백합 세 송이를 장식 없이 포장한 꽃다발도 근사해 보였다.

잡기 좋게 기다란 백합의 초록 줄기를 한데 묶은 소박한 리본이 장식의 전부였다. 두 송이는 활짝 피어 있었고, 한 송이는 아직 필락 말락 개화를 준비하고 있었다. 예전에는 무조건 활짝 핀 꽃만을 최고로 여겼는데 이제는 꽃봉오리가 활짝 피어날 때까지 기다릴 여유도 사람들에게 생긴 것 같다.

그 꽃다발들을 보고 있자니 모두 특별한 기념일인데, 기쁜 일이 있는데, 기분 좋은 사람을 만나러 가는데, 나만 아무 일이 없는 것 같다는 힘 빠지는 생각이 들었다. 게다가 나는 꽃다발을 선물로 주거나 받은 것도 까마득히 오래전의 일인 것 같아 조금 슬퍼지기도 했다. 내게 기쁜 일이 그렇게도 없었던가? 오랫동안 이렇게 슬픈 날들만 계속되었던가? 왜 내게는 꽃다발을 주는 사람이 없었던 거지? 왜 나는 아무에게도 꽃다발을 주지 못했던 거지? 이런 비슷한 생각들을 웅얼거리며 급한 걸음으로 귀가를 서둘렀다.

기분도 그러니 배라도 채워야겠다 싶어서 사거리 빵집에 들어갔다. 쭉 둘러보며 내가 살 빵을 눈으로 고르다가 케이크에 시선이 멈췄다. 냉장고 안에서 신선하게 빛나는 케이크는 모두 먹음직스러웠다. 보는 것만으로도 살짝 기분이 좋아졌다.

예전에는 케이크에 새겨지는 글자가 'Happy Birthday' 밖에 없었는데 이제는 '사랑해'나 '고마워' 같은 일상적인 마음도 표현되어 있었다. '생일날에만 케이크를 먹는 것이 아니었구나. 다른 사람들은 생일같이 축하할 일이 없어도 케이크를 사 먹는구나. 평범한 일상을 축제처럼 즐겁게 보내고 있구나.' 그렇다면 아까 본 꽃다발들도 특별한 날을 기념하기 위해서가 아니라 그냥 산 것일 수도 있다는 생각이 들었다. 나는 빵 쟁반을 다시 제자리에 내려놓고 생크림 케이크를 하나 골랐다.

　그렇게 나는 아무 날도 아닌데 케이크를 사 들고 집으로 갔다. 난데없이 케이크를 들고 나타난 나를 보며 가족들은 잠시 당황했다. 가족들은 "왜 왜 왜 왜 왜? 왜 샀어?"를 끊임없이 물었다. 나는 어색하게 케이크를 들어올리면서 "그냥, 맛있을 것 같아서"라며 다정한 미소를 지었다. 저녁상에 놓인 케이크 상자 위로 케이크가 올라갔다. 아무 날도 아닌 날에 먹는 케이크는 특별히 맛있었다. 그날 우리 집 분위기는 살짝 '업!' 됐다. 축하하는 날 먹는 것이 케이크라고 생각했는데 그냥 케이크를 사고 보니 왠지 축하할 일이 있는 것처럼 오늘이 기쁜 날이 되었다.

　축하하거나 기뻐하기 위해서는 뭔가 특별한 이유가 있어야 한다고 항상 생각해왔다. 기념일이거나 생일이거나 어려운 시험에 합격했거나 누군가 임신 혹은 출산을 했거나 어버이날이거나 크리스마스이거나……. 우리가 기뻐하는 데 왜 그렇게 많은 이유가 필요했던 것일까? 매일매일이 기쁘지 말아야 할 이유 또한 전혀 없는데 말이다. 특별한 날이거나 축하할 일이 있어서 선물을 주는 것이 아니라 그냥 선물을 주니까 기쁠 수도 있는데 말이다. 그 쉽고도 단순한 진리를 오랫동안 모른 채 지내온 것이 조금 억울해지기도 했다.

　어쩌면 케이크는 기분 좋은 날을 축하하기 위한 것이 아니라 슬프거나 힘 빠지는 날 우리의 기분을 달래기 위해 필요한 것인지도 모른다. 기쁜 자리를 화려하게 장식하는 것보다는 무표정인 사람들 틈에 끼어서 그들의 표정을 밝게 만들어주는 것이 더 어울리는 것 같기도 하다. 축하할 날에 받으면 너무 당연해서 그저 그런 것이 되어버리지만 아무 날도 아닌데 케이크를 사 들고 온다면 그

자체가 축제가 될 수 있다. 비일상적인 축제성을 띠고 있는 물건의 힘은 이런 데 있다.

상사와 다퉈서 기분이 우울한 날에는 퇴근길에 아내에게 줄 꽃다발을 산다는 어느 박사님의 이야기를 읽은 적이 있다. 회사에서 받은 스트레스를 찡그린 얼굴에 고스란히 담아가기보다는 꽃다발로 표현하면 아내도 눈치를 채고 좀 짜증스러운 목소리를 내도 이해하고 받아주고 특별히 맛있는 저녁을 해준다고 했다. 슬프고 우울한 날이 꽃다발 하나로 오히려 서로에게 힘이 되는 낭만적인 날이 된다.

내 친구의 다섯 살 난 아들은 촛불 끄기를 가장 좋아한다. 생일날 케이크

위의 촛불을 껐던 것이 신기하고 재미있었는지 시도 때도 없이 촛불놀이를 하자고 한다. 저녁에 불을 끄고 촛불 하나만 켜놓고 둘러앉으면 가족들이 그렇게 예뻐 보일 수가 없다고 한다. 촛불을 켜면 아이는 "오늘 주인공은 누구야?"라고 꼭 묻는다. 그날의 주인공은 돌아가면서 정해진다. 힘들고 우울한 일이 있어도 촛불 앞의 가족들 얼굴을 보면 온 세상이 어두워도 그들의 얼굴은 보이는 것 같아서 기분이 좋아진다고 한다. 그렇게 촛불을 켤 수 있는 집은 여유롭고 행복하다.

우리를 즐겁게 하는 것들은 꼭 크고 거창해야 하는 것은 아니다. 그것을 받아들이는 마음가짐의 문제인 것이다. 예전에는 요구르트 하나를 먹기 위해 소풍날을 손꼽아 기다리기도 했다. 산타클로스가 주는 과자 종합선물세트를 제일 먼저 보기 위해 크리스마스 아침 일찍 일어나기도 했다. 아끼고 아낀 용돈으로 동네 슈퍼에서 산 따뜻한 호빵 하나를 언니와 나눠 먹던 그날도 특별히 기억되는 날이다. 생각해 보면 그런 사소한 것들 하나하나에도 내 마음을 들뜨게 하는 설렘이 깃들어 있다.

또한 요즘은 예전보다 축제성 물건을 훨씬 쉽게 만날 수 있다. 꽃다발만 해도 연인들이 쉽게 주고 받을 수 있고, 외식할 때만 먹을 수 있었던 돈까스도 가벼운 점심 메뉴가 되고, 크리스마스와 같은 특별한 날에만 시켜먹던 치킨도 이제는 흔한 술안주가 되었다. 소풍날만 먹을 수 있던 김밥도 어디서나 쉽게 만날 수 있다. 그만큼 마음만 먹으면 어디든 널려 있는데, 내 마음속에 여유가 없어서 일상의 축제를 즐기지 못했다.

마음을 조금만 낸다면 언제든지 내 일상은 즐거운 축제가 될 수 있다. 아무 일 없는 쓸쓸한 날이어도 특별한 날의 기억을 담고 있는 어떤 것 하나가 내 기분을 달래줄 수 있다. 거리에 반짝거리는 전등을 보며 첫 데이트의 떨림을 기억해내기도 하고, 길거리에서 고추튀김 하나를 사 먹으면서 잔칫날의 흥겨움을 기억해낼 수도 있다. 꼭 특별한 날이어야 기분이 좋은 것은 아니다. 그날의 설렘을 기억해낸다면 일상에서 만나는 작은 것들로 오늘 하루도 축제처럼 즐길 수 있다.

올 겨울 기념해야 할 일을 하나도 만들지 못하고 너무 쉽게 끝나버리는 것이 슬프다면 바로 오늘을 기념할 수 있는 일을 만들면 된다. 퇴근길에 케이크를 사 들고 집으로 가보자. 크리스마스가 지나고 깊숙이 담아두었던 반짝이 꼬마전구를 꺼내 켜보자. 아침에 일어나 기념사진을 찍어보자. 주말 아침에 꽃을 사 들고 애인의 집 앞을 찾아가 보자. 가까운 공원이나 강변으로 가서 불꽃놀이를 해보자. 분명 특별한 날 했던 특별한 이벤트보다 아무 날도 아닌데 축제처럼 즐기는 오늘이 몇 배는 더 즐겁고 재미있을 것이다. 어느 특별한 날의 기억이 되살아나서 우리 모두를 축제 분위기로 만들어줄 것이다.

비가 와서 꽃다발을 사고, 달콤한 것이 먹고 싶어서 케이크를 사고, 맛있는 것이 먹고 싶어서 김밥을 싸고, 가족의 얼굴을 더 예쁘게 보고 싶어서 촛불을 켜고 싶다. 돌잔치, 결혼식, 결혼기념일, 생일, 졸업식 같은 기념일에 사진관을 찾는 대신 햇볕이 좋은 공원에 나란히 서서 가족사진을 찍고 싶다. 그렇게 축제의 낭만을 일상으로 초대하는 날들을 살고 싶다.

겉으로는 어떻게 보일지 모르지만
나는 분명 소심하고 약한 아이다.

누가 내 마음을 알아주기만 해도 금방 눈물을 흘리고
아주 조금만 신경을 써줘도 크게 감동한다.

그러면서도
정작 내 자신은 왜?
내 마음을 알아주지도,
스스로에게 신경을 쓰지도 못하면서 살았던 걸까?

때로는 택시 타는 것이
보약일 때가 있다

택시

매일 아침 내 침대에서는 '강미영은 언제 일어날까' 배 쟁탈전이 벌어진다. 어제 우승팀 '지금 일어나야 해' 팀과 그에 맞서는 도전팀 '10분만 더' 팀이 치열하게 싸운다.

"먼저 '지금 일어나야 해' 팀 '벌써 30분째야' 선수가 공을 몰고 갑니다. 그러나 '10분만 더' 팀의 '3일째 야근' 선수에게 뺏기고 마네요. '3일째 야근' 선수가 '발가락 움직일 힘도 없어' 선수에게 패스! 다시 '나를 사랑하자' 선수에게 이어지고, 바로 슛을 시도하네요! 아, 안타깝습니다. 골대 바로 앞에서 '아침형 인간이 진정한 자기계발' 선수의 태클로 다시 '지금 일어나야 해' 팀의 공격이 시작됩니다. '머리는 감고 가야지' 선수와 '아침부터 달리면 땀범벅' 선수가 공격에 나서지만 '10분만 더' 팀의 '택시 타고 가' 선수에게 완전히 가로막힙니다. 이어지는 '10분만 더' 팀의 공격. '다 편하게 살아보자고 하는 일인데' 선수의 결정적 어시스트. '택시비 2만 원 까짓것' 선수의 슛! 슛! 슛! '돈 벌러 다니니 쓰러 다니니' 골키퍼가 막아보지만 이미 골은 골대 그물을 출렁이면서 골인! '10분만 더' 팀의 승리!"

나는 더욱 이불 속으로 쏙 들어간다. 자체적으로 아침잠 한 시간을 '득템' 한 나는 꿀맛 같은 늦잠을 자고 느지막이 택시를 타고 출근한다.

택시로 출근하는 길은 너무 편하다. 한 시간 더 잔데다가 버스 정거장에서 동동거리며 기다리지 않아도 되고, 버스가 눈앞에서 사라진다고 아쉬워하지 않아도 된다. 게다가 자리를 차지하기 위해 누가 언제쯤 일어날까 내내 신경을 곤두세우지 않아도 된다. 급정거 같은 돌발 사태가 발생할 일도 없으니 택시의 뒷자리에서 잠시나마 눈을 붙일 수도 있다.

문제는 이렇게 몸은 편한데 마음이 불편하다는 점이다. 세상에서 절대 인정할 수 없는 것이 택시비라고 침을 튀기며 열을 올리는 사람도 있고, 술 마시고 집에 가는데 택시비가 아까워서 아예 새벽까지 마신다는 젊은이도 봤다. 그에 비하면 나는 택시를 많이 타고 택시비에 후한 편인데도 아침 출근길 택시는 항상 후회와 자책을 동반한다. 어쨌든 사지 말짱한 월급쟁이가 거금 2만 원을 내고 출근길에 택시를 타는 것은 쉬운 일이 아니다.

가만히 생각하면 돈 쓰고 마음 불편하게 하는 일을 한 달에 몇 번씩 반복하는 내가 한심하다. 택시를 타고 가는 동안 내가 왜 이럴까? 싶어 머리를 스스로 쥐어박기도 했다. 그러면서도 매일 아침이면 똑같은 고민을 하고 반복해서 바보 같은 선택을 하는 내가 밉기도 했다. 택시를 탈 때마다 죄책감에 시달려야 했다.

회사를 옮기면서 아침에 두 시간이나 일찍 일어나야 했다. 출근 시간이 예전 회사는 10시였던 반면 새로운 회사는 9시로 한 시간 빨라지기도 했거니와 이동 시간도 예전 회사에 비해 새로운 회사가 더 많이 걸린다. 게다가 회사의 분위기상 30분 정도는 일찍 출근해야 한다. 말이 두 시간이지 아침 일찍 일어나야 한다는 긴장감이 더해져서 8시에 일어나던 사람이 5시부터 "일어나야 해, 일어나야 해"를 반복하면서 정신을 차리려고 애쓰는 상황이 됐다.

그러다 보니 택시로 출근하고 싶다는 갈망은 더욱 커졌고, 매번 고민하면서도 '10분만 더' 팀을 선택하는 횟수는 점점 늘어났다. 급기야 하루 걸러 택시를 타고 출근하는 지경에 이르렀다. 매일 아침 택시비를 계산하는 시간은 점점 길어졌고, 머리는 복잡해져 더욱 피곤했다. 그럴수록 그에 대한 자책과 후회는 늘어났다. 그런데도 매번 택시를 선택하는 나 자신이 자기통제도 안 되고 순간의 달콤함만을 쫓는 사람 같아 한심해 보였다. 진짜 속상하고 짜증나는 것은 택시비가 아니라 스스로에 대한 실망감이었다.

그러다가 안 되겠다 싶어서 그냥 보름에 한 번은 택시를 타기로 했다. 보약 먹는 셈 치고 택시를 타는 것이다. 한 달에 4만 원으로 내 몸과 마음이 편해질 수 있다면 해볼 만한 일이었다. 사실 이것은 한 달에 몇 번씩 타던 출근 택시를 두 번으로 줄이자는 마음에서 시작한 것이 아니었다. 매번 죄책감에 시달리던 마음을 한 달에 두 번 정도는 좀 놓아주자는 마음에서 시작했다. 그러니 한 달에 택시를 몇 번 타게 되든 두 번쯤은 당당하게 타자고 생각했다.

한 달에 두 번씩 택시를 타기로 한 뒤로는 출근길에 택시를 타는 횟수가 거짓말처럼 줄었다. 한 달에 한 번만 타거나 아예 안 탈 때도 있었다. 보약 택시는 몸만 편하게 하는 것이 아니라 내 마음까지 달래주고 있었다. 내 몸과 마음이 힘들 때 편하게 기댈 곳이 있다는 것이 위로가 되었다. 스스로 피곤함을 가늠해보면서 다음을 위해 택시 출근을 아껴두기도 했다.

절대 택시를 타면 안 된다는 마음이 아침마다 나를 더 피곤하고 힘들게 했다. 그러다가 어쩔 수 없이 택시를 타면 몸은 편했지만 마음은 천근만근 더 무거워졌다. 몸을 편하게 하는 일과 마음을 편하게 하는 일이 서로 반대편에 있다고만 생각하다 보니 그 사이에서 갈등하느라 에너지를 너무 많이 썼던 것이다. 몸도 편하고 마음도 편하게 하는 일이 따로 있는 것이 아닌데 왜 그토록 엉뚱한 곳에서 방황을 했나 싶다.

무조건 안 된다고만 했지 내가 원하는 것들을 풀어주고 들어주지 못했다. 스스로의 기준이 없었기 때문에 왜 안 되는지 설명하지도 못하고 간절히 원하는 내 마음을 외면하기만 했다. 생각해보니 한 달이 가고 일 년이 가도록 내 마음을 위해 돈 쓰는 것을 아까워하기만 했다. 나를 기쁘게 하는 일에 너무 인색했다. 오히려 죄책감까지 느끼며 살았다. 어쩔 수 없음에 떠밀려 택시를 타다 보니 어쩌다 한 번을 타도 무슨 죄라도 짓는 기분이었다.

참고 견디는 방법만 익혔지 음미하고 즐기는 방법을 알지 못했다. 하고 싶

은 일이 있으면 참아야 했고, 아픈 일들은 견뎌야 했다. 그것이 어른스러운 것
이라고 굳게 믿었다. '조금 더 부지런했어야 하는데', '조금만 더 힘들면 되는
데' 와 같은 스스로에게 부과하는 부담은 이제 그만 벗어던져야겠다. 정말 보약
이 필요한 것은 우리 몸이 아니라 아무에게도 보살핌을 받지 못했던 우리 마음
이니까.

가끔은 저녁상을 차리기 위해 장을 보러 가는 대신 작정하고 내가 먹고
싶은 것을 사러 마트에 간다. 동네 마트 앞에 딸기가 활짝 핀 계절에는 기꺼이
1만 원을 내고 딸기를 사다 먹어볼 일이다. '우리 집에서 딸기를 좋아하는 사
람은 나뿐인데', '이거면 우리 식구 반찬거리를 살 수 있는데', '작년에도 사
다 먹었는데' 와 같은 생각 대신 '내가 먹고 싶다' 는 마음을 앞세워서 한 철에
한 번쯤은 먹고 싶은 제철 과일을 사다 먹어보는 거다. 여럿이 살다 보면 내가
먹고 싶은 과일을 고르기가 쉽지 않다. 같이 먹을 다른 사람들의 취향을 생각
해야 하고, 나보다는 그들에게 필요한 것을 사야 한다는 생각을 하게 된다. 그
래도 한 달에 한 번쯤은 내 마음을 가장 먼저 생각해보자. 나를 위한 선물을 준
비하기 위해 거창하게 가방을 챙겨서 집을 나서야만 하는 것은 아니다. 제때
때맞춰 나온 과일로 상큼함을 충전하는 것만으로도 내 몸의 열이 2도쯤 내려
가는 것 같다.

'하고 싶다' 와 '하면 안 된다' 는 마음이 팽팽히 대립하고 있을 때 내 마음
을 달래느라 너무 많은 에너지를 쓰지는 말아야겠다. 그 갈등을 조정하느라 더
욱 나를 피곤하게 하는 것만큼 어리석은 일은 없으리라. 더군다나 하고 싶은
일이 나를 위하는 일이라면, 내 숨통이 트이는 일이라면 더욱 자주 마음을 들

여다보면서 허락해줘야겠다. 한 번쯤은 마음이 원하는 일도 해주면서 살아가야지.

보약을 먹듯이 택시를 탄다. 철마다 몸보신을 한다며 첩첩 약을 지어 먹는 사람들처럼 보름에 한 번씩은 거금 2만 원을 내고 택시로 출근한다. 이젠 몸도 마음도 편하게, 스스로에게 떳떳하게 보약 택시를 탄다. 내가 몇 년을 쓰러지지 않고 두 다리로 꼿꼿이 달릴 수 있는 힘은 여기에 있다.

가야 할 길이
너무 멀어 지칠 때

한 일 리스트

어른들이 말씀하시기를,
큰일을 이뤄내려면
멀리 내다보고 큰 꿈을 꾸라고 했다.
그 말을 믿었고, 지금까지 나를 이끈 힘은 큰 꿈이었다.

하지만 이제는 그 어른들에게 조용히 대답할 수 있을 것 같다.
"가끔은 내가 이뤄내야 할 큰 목표에 대한 희망보다는
내가 이뤄놓은 발 앞의 작은 성공이 저를 더 힘나게 하는 것 같아요!"

어떤 길을 가든 때때로 쾌감과 만족감을 맛볼 수 있는 일이 필요하다. 늘 고통과 좌절만 겪는다면 계속 그 길을 가기가 어려울 것이다. 그러면 이 쾌감과 만족감은 어디서 생길까? 작은 일이라도 그 일에 성공하는 데서 생긴다. 작으나마 그 일에서 성공을 거두고, 그것으로 인해 만족감을 느끼고, 이런 체험이 쌓이면서 비로소 그 길이 자신의 길로 여겨지며 계속 걸을 수 있게 된다고 생각한다.

히로나카 헤이스케, 《학문의 즐거움》

도시 아이들에게 학원 스트레스가 있다면 시골 아이들에게는 과수원 스트레스가 있다. 날씨가 쌀쌀해질 때쯤 과수원집 아이들은 고민이 많다. 이제 과일을 수확하기 위해 장갑을 끼고 나가야 할 때이기 때문이다. 눈이 많이 내리기 전에 귤을 따야 하기에 수확철이면 어른 아이 할 것 없이 모두 과수원으로 간다.

입김이 그대로 고드름이 되는 듯한 추위가 몰아치는 날이면 따뜻한 이불을 뒤로 하고 아침 일찍 나가야 한다는 것이 엄청난 스트레스를 유발한다. 가끔은 어린 마음에 첫눈이 왕창 와서 농사를 망쳐버렸으면 좋겠다는 생각이 들 정도였으니까. 과수원집 딸인 내 친구는 어른이 되어서도 매주 주말이면 과수원에서 귤을 따야 한다는 스트레스에 시달리고 있다. 부모님 사정, 농촌 사정 뻔히 아는데도 아침이면 화가 난다고 했다.

잠깐 제주도에 내려온 도시 사람들이 귤 따기 체험을 한다고 찾아오기도 하지만 그런 잠깐의 체험으로는 과수원 스트레스를 경험할 수 없다. 이 스트레스는 단순히 노동에서 오는 몸의 힘겨움이 아니라 과수원의 과일을 다 딸 때까지 새벽 기상이 계속되어야 한다는 마음의 버거움이기 때문이다. 게다가 몇 천 평, 몇 만 평이나 되는 과수원의 귤은 하루 이틀 딴다고 표가 나게 줄어드는 것도 아니다. 내가 지금 어디쯤 달려가고 있는지 알지도 못한 채 앞으로도 계속 며칠을 이렇게 보내야 한다고 생각하면 일을 시작하기도 전에 눈물부터 나올 지경이다.

과수원에 가면 막막하다. 노랗게 익은 귤이 과수원 가득 있는데 이걸 언제다 따나 싶어 가슴이 먼저 답답해져온다. 어른들은 이런 내 마음을 눈치채신 것인지 이 나무부터 따라며 수많은 나무 중 내가 따야 할 하나를 콕 집어주신다. 그러나 그 앞에 서면 동서남북 귤이 가득 달린 나무를 어디서부터 정복해야 할지 방향감각을 잃기는 마찬가지이다. 따도 따도 끝이 없는 귤나무 앞에서 벗어날 방법이 없다.

이때 막막한 과수원을 정복해가는 방법은 나무를 보는 것이 아니라 광주리를 보는 것이다. 내가 귤을 하나씩 딸 때마다 채워지는 바구니를 보면 내가 일을 하고 있구나, 열심히 하고 있구나, 땀 흘리는 만큼 과일이 차곡차곡 쌓이는구나를 알 수 있다. 엄마에게 "나 이만큼 땄어"라고 자랑할 때도 아직 따야 할 귤이 가득한 나무가 아니라 내가 따놓은 귤로 채워진 광주리를 보여준다.

어떤 나무가 따기 쉬운지, 어떤 과일이 좋은지 알지 못했던 나는 정해진 나무에 귤이 하나도 남지 않을 때까지 모조리 땄다. 그렇게 귤을 다 따고 나서 시퍼렇게 나뭇잎만 남은 나무를 보면 작은 세상 하나를 정복한 것 같아서 뿌듯해진다. 광주리보다는 좀 더 큰 세계를 정복한 것이다. 이때도 밭 전체를 보는 것이 아니라 내가 정복한 나무를 보면서 수고했노라고 박수 쳐준다.

아직도 귤이 대롱대롱 남아 있는 나무만 보면 아직도 갈 길이 멀다는 생각에 좌절할 수밖에 없다. 내가 이루어놓은 소박한 하나를 챙기지 않고서는 계속 나아갈 힘을 낼 수가 없다.

그러니 우리는 바쁜 발길을 멈추고 스스로에게 말해줘야 한다. "벌써 이만큼 했어. 앞으로도 파이팅 부탁해." 그렇게 광주리 하나를 채우고, 나무 하나를 정복하고, 스스로를 격려하면서 지치지 않게 과수원의 과일을 다 딸 때까지

기쁜 마음으로 밭일에 참여할 수 있었다.

우리가 목표를 이뤄가는 방식도 이래야 한다. 가끔 우리는 지금까지 이루어놓은 것들을 되돌아봐야 한다. 내가 어디쯤 가고 있는지, 내가 걸어온 길이 어떤 길인지, 어떤 것들을 이루며 달려가고 있는지를 살펴봐야 한다. 그래야 얼마나 더 가야 하는지 알 수 있기 때문이다. 그렇게 내가 달리고 있다는 것을 매번 새롭게 깨달아야 힘을 낼 수 있다.

해야 할 일들을 놓치지 않고 스케줄에 맞춰서 해내려면 할 일 리스트와 업무 목록을 작성해야 한다. 우리가 이루고 싶은 목표와 꿈을 구체화하고 매일 그곳을 향해 달려가는 것은 중요하다. 하지만 그것만으로는 힘을 낼 수가 없다. 항상 해야 할 일들로만 가득 찬 리스트를 보고 있으면 내가 이루어놓은 것들은 하나도 볼 수 없고 날짜만 차곡차곡 지나가는 느낌이다. 열심히 했지만, 오늘이 되니 또 그만큼의 일이 쌓여있다. 해야 할 리스트에는 항상 할 일들로만 가득하니까. 어쩌면 우리의 하루하루가 공허하고 아무것도 이루어놓지 못한 것 같아 힘이 빠지는 느낌도 이 때문인지 모른다.

그러니 가야 할 길이 너무 멀어 막막하기만 하다면 항상 할 일들로만 가득 차 있던 책상 위의 할 일 리스트 대신 내가 이루어놓은 것들을 한 번 적어볼 일이다. 할 일 리스트 앞에 완료 표시를 해두는 대신 이런저런 일을 했다고 또박또박 적으면서 다시 한 번 스스로에게 말해주어야 한다.

언젠가 친구들과 커피를 마시다가도 이런 생각이 들었다. 30대 친구 세 명이 마주 앉았다. 한 명은 이미 두 아이의 엄마이고, 다른 친구는 이제 막 결혼해서 신혼의 달콤한 꿈에 빠져 있었다. 학창시절 친구였던 우리는 오랜만에 만나 그동안 어떻게 지냈는지 이야기하고 있었다. 결혼을 했든 안 했든, 직업이 무엇이든, 차가 있든 없든, 우리는 우리가 이루어놓은 것이 아무것도 없다는 사실에 모두 공감하고 있었다.

우리가 원하는 것이 얼마나 크기에, 그것이 도대체 무엇이기에, 이루어놓은 것이 하나도 없다고 느끼는 것일까? 무슨 매듭을 풀기 위해 그토록 바둥거렸던 것일까? 날마다 열심히 달려왔는데, 쉬지도 않고 매일같이 출근했는데 왜 이루어놓은 것이 하나도 없다고 성공 도달지수 0점을 주었던 것일까? 그런 생각을 하니 끊임없이 연료를 낭비하며 공회전을 한 느낌이었다.

집으로 돌아와서 내가 학교를 졸업하고 지금까지 이루어놓은 것들을 쭉 적어보았다. 몇 명의 친구를 사귀었는지, 회사에서 어떤 프로젝트를 진행했는지, 새롭게 시작한 취미는 없는지, 부모님께 용돈은 얼마나 드리고 있는지, 연봉은 얼마나 올랐는지……. 그러고 보니 나는 이미 많은 것들을 이루어놓고 있었다. 그런데도 아직 결혼을 하지 않았고 집과 차가 없다는 이유로, 아직 갈 길이 멀다는 이유로 이루어놓은 것 없이 허무하게 시간만 보냈노라고 자책했던 것이다.

한 일 리스트를 정리해놓고 보면 해야 할 일을 다 못하는 경우는 있어도, 아무것도 하지 않은 채 헛되이 시간만 보낸 경우는 없음을 알게 된다. 그러니까 내 말은 해야 할 일을 다 못했다고, 아직 가야 할 길이 멀다고 스스로를 채찍질하고 다그치기보다는 이미 많은 것들을 이루었음을 되돌아보고 힘을 내도록 도와줘야 한다는 것이다.

나는 아무것도 안 한 것이 아니라 이루어놓은 것들을 챙기지 못했을 뿐이다. 알아차리지 못했을 뿐이다. 되돌아보니 항상 분주하기만 했던 나의 하루하루가 모두 의미 있었다.

멀리 보고 큰 꿈을 꿔야 한다는 옛 어른의 말씀은 옳다. 우리가 걸어가야 할 길을 바라보고 매일 그 길을 꿈꾸어야 하는 것도 맞다. 하지만 그 꿈이 너무 커서 어디서부터 정복해가야 할지 모를 때, 내가 걸어가고 있기는 한 건지 궁금할 때, 제자리에서 부릉거리고만 있는 것은 아닌지 걱정될 때 우리가 이루어놓은 작은 것들을 하나하나 챙겨서 되돌아보아야 한다. 큰 꿈을 잘게 쪼개서 내가 정복한 작은 세계들을 확인하고 스스로 칭찬해줘야 다시 달려갈 힘을 얻을 수 있다.

아무리 많은 일을 하고 큰일을 이루어가더라도 내가 일을 하고 있기는 한 건지 해도 해도 끝이 없는 일 앞에서 막막하기만 할 때가 있다. 해야 할 일들이 끝도 없이 쌓여서 도저히 앞으로 나아갈 힘을 내지 못할 때 우리에게 필요한 것은 내 노력이 헛되지 않았음을 말해주는 것이다. 내가 어디쯤 달려가고 있는지 알기만 한다면 좀 피곤하더라도 힘을 낼 수 있다. 하루도 쉬지 않고 조금씩 달려왔다면, 그리고 덜컥 멈춰 서지만 않았다면 나는 어디론가 가고 있다는 믿음도 생긴다. 갈 길은 아직 멀지만 내가 걸어온 길 또한 멀다고, 열심히 잘 살았다고 스스로 토닥거린다.

하나의 작은 일도 그러한데 기나긴 인생은 오죽할까. '앞으로 이런 사람이 되겠어!'를 꿈꾸는 동시에 '나는 그 꿈을 위해 이런 것들을 이뤄왔어!'라고 말할 수 있어야 한다. 목표를 향해 걸어가는 하나하나의 모습에 뿌듯함을 느끼며 가야 한다.

일상, 그 은밀한 취향의 즐거움

분홍 수건

특별히 좋아하는 것도 없고,
특별히 싫어하는 것도 없고.

뭘 좋아하냐는 물음에도,
뭘 싫어하냐는 물음에도,
그냥 그냥 그냥이라는 대답.
항상 '아무거나' 로만 설명했던 내 취향.

그래서 나의 하루는 답답하고 회색빛이었나 보다.

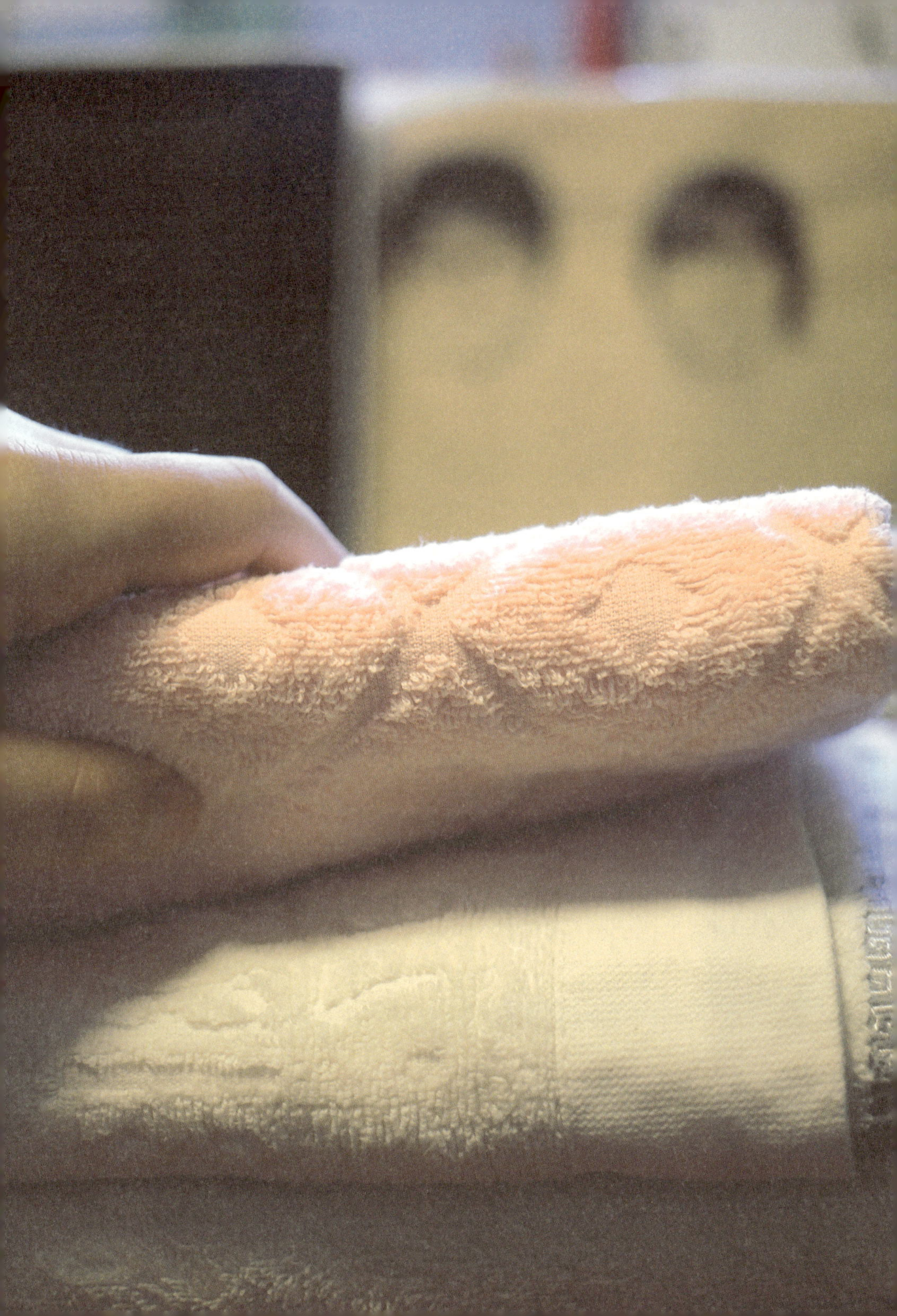

 욕실로 들어서는 마음가짐이 특별히 비장하다. "오늘은 내가 가장 좋아하는 수건으로 새해 첫 출근하는 내 얼굴을 닦으리라!" 그러면 새롭게 시작되는 일 년도 파이팅하며 잘 보낼 수 있을 것 같았다. 새해가 시작된다고 새삼스럽게 시작될 일도 없고 특별히 달라지는 것도 없었다. 몇 개의 결심을 추가하기는 했지만 나에게는 지난주 월요일과 다름없이 그저 피곤하기만 한 아침이었다. 이렇게 반복되는 일상이었기에 새해 첫 출근의 산뜻함을 공급해줄 특별한 무언가가 필요했다.

그런데 욕실 수건장 안에 형형색색 나란한 수건들 앞에 서니 도대체 어떤 것을 선택해야 할지 막막했다. 분명히 30년 동안 매일 아침 수건으로 얼굴을 닦았는데, 이 집으로 이사 오고도 2년 동안 같은 수건을 반복해서 썼는데, 지금 저 수건들도 몇 번씩은 번갈아가며 내 얼굴을 닦아주었을 텐데. 한 번도 그 느낌에 대해 생각해본 적이 없다. 보드라운 수건이 좋았던 것 같기도 하고, 좀 뽀득뽀득한 수건이 물기를 잘 흡수해서 좋았던 것 같기도 하고, 바짝 마른 까슬한 수건이 좋았던 것 같기도 하고, 그냥 분홍색이라는 이유만으로 동네 연탄구이집이 개점할 때 받은 수건이 가장 좋았던 것 같기도 한데. 오늘처럼 작정한 날에는 도대체 어떤 수건을 집어야 한다는 말인가.

수건 따위(!)에 취향이 있을 것이라고는 생각해보지 못했다. 내가 직접 산다면 색깔도 고르고, 만져도 보면서 한 번쯤은 생각해봤을지도 모른다. 그러나 수건은 공짜로 받는 물건이다 보니 항상 내 취향과 상관없이 무작위로 우리 집에 배치되었다. 개업식이나 돌잔치에서 받아온 것을 수건함에 넣어둔 순서대로 차곡차곡 썼고, 내 차례가 되었을 때 맨 위에 놓인 것이 그날의 내 수건이 되었다.

　서로의 취향을 공유하기 위해 좋아하는 와인, 좋아하는 노래, 좋아하는 음식, 좋아하는 꽃, 좋아하는 색깔을 물을 때도 어떤 수건을 좋아하는지 묻는 사람은 없었다. 수건은 향기가 있는 것이 아니고 특별한 디자인이 있는 것도 아니다. 내 돈을 주고 살 기회가 적기 때문에 취향에 맞춰 사용하는 것이 어려워서 그냥 포기했을지도 모른다. 어떤 비누나 샴푸를 사용하는지 묻는 사람은 있었다. 그런 사소한 취향까지 궁금해하는 사람들조차 "어떤 수건을 좋아하세요?"라고 묻지는 않았다. 그렇다고, 자기소개를 하는데 난데없이 아무도 묻지 않은 수건 이야기를 꺼낼 수는 없지 않은가. 그러니 나는 한 번도 좋아하는 수건에 대해 고민해볼 기회가 없었다.

　내게는 새해 첫날 아침처럼 뭔가 산뜻한 기분을 느끼고 싶을 때 사용할 수건에 대한 취향이 필요했다. 그래서 우리 집 수건을 연구하기 시작했다. 수십 개의 수건을 차례로 쓰면서 각각의 느낌이 어떤지, 나는 어떤 느낌을 좋아하는지 계속 생각했다. 친족 체육대회에서 받은 노란색 수건은 다른 수건들보다 약간 사이즈가 작기는 하지만 적당히 뻣뻣해서 머리를 닦을 때 좋았다. 회사 기념일에 받은 초록색 수건은 양끝이 쪼그라든 배불뚝이 모양이라서 얼굴을 닦을 때는 상관없지만 몸 전체를 닦거나 머리를 감쌀 때는 좀 난감했다. 비록 내가 골라온 수건들은 아니지만 모두 느낌이 달라서 이중 잘 선택하기만 하면 내 취향을 찾을 수 있을 것 같았다.

　나는 우리집 수건 중 기념 문구가 새겨져 있지 않은 분홍 수건이 가장 좋다. 보드라우면서도 물기를 잘 흡수한다. 뻣뻣한 수건은 물기를 잘 흡수하는데 닦을 때 좀 아프고, 부드러운 수건은 느낌은 좋은데 미끈대며 물기를 잘 흡수하지 못한다. 그런데 분홍 수건은 색깔도 마음에 들고 피부에 닿는 느낌도 좋고 물기도 잘 닦인다. 좀 더 지켜보다가 이 분홍 수건에 예쁜 왕관을 하나 달아주고 '내 취향의 수건'이라고 이름을 붙여줄 생각이다. 올해 12월 30일쯤에는 아무도 그 수건을 못 쓰게 미리 내 옷장에 따로 넣어두었다가 내년 새해 첫날 아침 일찍 일어나서 내 얼굴을 닦아야겠다. 무지 재미있을 것 같아 기대가 된다.

내 취향인 수건을 찾기 시작하면서 욕실에서 여유도 생겼다. 예전에는 씻고 닦고 나오기 바빴는데 이제는 수건을 골라서 이렇게도 써보고 저렇게도 써본다. 문지를 때 더 잘 닦이는 수건이 있는가 하면 두들기면서 닦을 때 더 잘 닦이는 수건이 있다는 것도 새롭게 발견했다. 수건마다 모두 크기도 다르고 느낌도 다르다.

스타일이나 취향이라는 것을 항상 옷차림이나 머리모양같이 외형적인 모습과 연결 지어서만 생각했다. 누군가에게 나를 드러내 보이기 위한 것이라고만 믿었다. 또한 어떤 선택에 있어서 하나로 일관되어 보이는 것을 중요하게 생각했다. 누군가 스키니진과 흰 티셔츠를 반복해서 즐겨 입는다면 그것으로 그 사람의 스타일을 정의할 수 있다고 생각했다. 그러다 보니 "너 좀 스타일 있어 보인다"라는 말은 "너 옷 잘 입는다" 정도의 칭찬으로 사용하기도 했다.

무엇보다 중요한 것은 스타일이라 이름 붙일 만한 것들은 고딕 양식이나 힙합스타일처럼 어떤 시대나 집단을 대표할 만한 것이어야 한다는 아주 큰 착각을 했다는 점이다. 한 사람 한 사람에게 각자의 스타일이 있는 것이 아니라

여러 사람들이 무리 지어 흉내 내는 것을 스타일이라 생각했던 것이다. 유행과 스타일을 헷갈려 했다.

다른 사람들을 따라하는 것이 내 스타일을 찾는 것이라 생각했다. 그러다 보니 내 스타일이나 취향을 정의할 때마다 항상 머뭇거리면서 다른 사람들에게서 내 스타일, 내 취향을 찾으려 했다.

스타일이라는 거창한 이름이 아니라 '내가 좋아하는' 이라는 수식어를 달기 위해서도 뭔가 세련되고 멋있는 것들 중에서 선택해야 한다고 생각했다. 다른 사람들에게 보이기 위한 거니까. 스파게티나 커피처럼 주문할 때 내 취향이 있으면 좀 '있어' 보이는 것이거나, 향수나 패션스타일처럼 다른 사람들에게 나를 보이기 위한 것이거나, 와인처럼 다른 사람들과 어울리기 위해 억지로 준비해놓는 정도의 멋있는 것이어야 한다고 생각했다. 그래서 신발장 옆에 향수장까지 들여놓은 어떤 멋쟁이에 대해 들었을 때 "우와!" 하며 박수까지 쳤다. 그 정도는 되어야 '스타일'이라고, '취향'이라고, '내가 좋아하는'이라고 이름 붙일 수 있다고 생각했다.

그에 비하면 내가 좋아하는 수건은 취향이라고 하기에는 너무 개인적이고 너무 일상적인 물건이다. 매일매일 쓰는 물건을 두고 매번 취향을 따지는 것은 피곤한 일이기도 하다. 그러나 매번 재고 따질 필요는 없다. 내가 분홍 수건을 좋아한다고 해서 매일 분홍 수건만 쓸 수는 없다. 내가 좋아하는 와인이 있다고 매일 그것만 마실 수는 없지 않은가. 대부분의 날에는 이전의 날들처럼 아무 고민 없이 순서대로 수건을 쓴다. 새 수건이 들어오면 그것도 어떤 느낌인지 한 번 써보고 분홍 수건보다 더 좋다면 '내가 좋아하는' 수건을 바꿀 수도 있다. 그리고 별로였던 수건이 어느 날 기분에 따라 갑자기 좋아지기도 한다. 그러다가 가장 중요한 날, 나에게 숨 고르기가 필요한 날에는 내가 좋아하는 수건을 골라 몸을 닦은 다음 출근을 할 것이다. 어떤 날은 우연히도 내가 가장 좋아하는 수건이 수건장의 맨 위에서 나를 기다리고 있어서 괜히 기분이 좋아지기도 할 것이다.

스스로를 기분 좋게 해줄 만한 사소한 어떤 것들을 발견해가는 것은 중요하다. 살아가면서 아무도 묻지 않겠지만 조용히 남몰래 엄지손가락을 치켜 올리며 즐기는 나만의 취향을 만들어가야겠다. 누군가에게 보이기 위한 것이 아니라 나만 좋으면 그만인 어떤 것, 때때로 내 일상 속에 출몰하여 내 기분을 업

시켜주는 어떤 것을.

'내가 좋아하는 수건'이라는 일상적인 취향을 찾는다면 내 기분을 좋아지게 하는 일은 좋아하는 스파게티를 먹는 것보다, 좋아하는 와인을 마시는 것보다, 좋아하는 색깔의 원피스를 사는 것보다, 좋아하는 음악을 듣는 것보다 훨씬 쉬워질 것이다. 언제든 가벼운 세수만으로도 내 기분을 산뜻하게 단장해줄 테니까. 분홍 수건으로 톡톡톡 얼굴을 두드려주는 것만으로도 아무도 모르게 혼자서 배시시 웃을 수 있을 테니까.

똑같은 일상에서
틀린 그림 찾기

계 단

아침에 눈을 뜨면서
여기가 다른 곳이었으면 좋겠다고 생각했다.
그곳이 어디든,
여기만 아니면,
어디든 좋았다.
불행하다는 뜻이다.

떠나고 싶지 않고,
떠나지 않아도 되는 곳.
숨 막히지 않고,
반복도 없는 곳.
내가 두 발을 딛고 서 있는 이곳을 그렇게 만들고 싶다.
나는 행복해지고 싶다.

사람들은 언제나 자신이 처한 환경에 대해 불평하지만, 나는 환경을 믿지 않는다. 성공한 사람들은 일어나서 자기
스스로 원하는 환경을 찾아 나서며, 혹시 원하는 환경을 찾지 못하면 직접 환경을 만든다.

조지 버나드 쇼

또 똑같은 하루가 반복되고 있
(는 것 같)다. 오늘 하루 내게
펼쳐질 일들은 뻔하다. 안 봐도 비디오이다. 침대에서 잠시 망설이다가 일어날
것이고, 급하게 챙기고 뛰다시피 걸어서 겨우겨우 만원 버스에 몸을 실을 것이
고, 누가 먼저 내릴지 재빠르게 살펴서 적당한 위치에 자리를 잡고 설 것이고,
나보다 늦게 탄 사람이 먼저 자리에 앉으면 운이 나빴다며 안타까워할 것이다.
그렇게 회사에 도착하면 사무적인 일이든 창의적인 일이든 회의, 전화, 메일,
메신저, 문서 작성이 반복된다. 퇴근길에는 잠시 친구를 만나기도 하겠지만 거
의 대부분은 출근했던 길을 따라 집으로 돌아와서 씻고, 정리하고, 하고 싶은
일을 잠깐 하다가 취침하면 하루 끝. 그리고 내일은 또 반복. 그리고 매일매일
무한반복.

출근길을 비교적 길게 늘여 썼지만 요약하면 기상, 출근, 근무, 퇴근, (만
남), 취침으로 끝난다. 모든 것이 몇 년 전부터 정해진 듯이 예상대로 벌어지고,
이직이라는 큰 변화가 없는 한 출근길이나 퇴근길도 달라지지 않는다. 그러니
타고 다니던 버스가 노선을 변경하는 작은 변화에도 크게 동요하며 출근길을
처음부터 다시 탐색하는 신선함을 누리기도 한다. 그런 하루하루들이 모여서
일주일이 되고 한 달, 일 년이 된다.

어제, 오늘, 내일의 일상을 섞어놓아도 전혀 어색하지 않을 만큼 매일의
일상은 닮아 보였다. 일기예보를 하듯이 내일 하루를 예보할 수 있을 것 같았
다. 몇 년 동안 똑같은 일상이라는 이름으로 반복학습을 해온 나는 한석봉의
어머니가 불을 끄고도 떡을 썰었듯이 눈을 감고도 그 일들을 그대로 재현할 수

있을 것 같았다.

"그래? 그렇다면 일 년 전과 똑같은 하루를 살아볼 테다!"라는 엉뚱한 결심을 한 적이 있다. 이 프로젝트를 위해 일 년 전 오늘의 일기를 아주 상세하게 적어두었다. 몇 시에 일어나서 집을 나섰는지, 어떤 옷을 입었는지, 버스에서는 어느 정거장에서 앉았는지, 몇 번째 자리에 앉았는지, 점심 메뉴는 무엇을 먹었는지, 퇴근은 몇 시에 했는지, 누구를 만났는지. 내가 기록할 수 있는 모든 것을 적어두었다. 그리고 오늘은 그 일들을 그대로 실행해보는 날이다. 그러니까 이것은 일 년 전에 준비하고, 일 년을 기다려온 프로젝트라고 볼 수 있다.

나는 일 년 전과 똑같이 검은색 터틀넥에 미니 원피스를 입고 코트를 입었다. 일 년 전에 신었던 반짝이 스타킹은 이미 버렸기 때문에 어쩔 수 없이 다른 걸 골라 신었다. 길이는 조금 달라졌겠지만 기록해둔 대로 머리를 묶었고 눈화장 없이 립스틱과 립글로스만 바르는 간단한 화장을 했다. 가방도 그날과 같은 것을 챙겨 들었다. 스타킹과 다이어리가 바뀌기는 했지만 완벽해 보였다. 역시 내 일상은 똑같이 반복되고 있었다.

문을 잠그고 집을 나서는데 문제가 생겼다. 그날 계단을 어떻게 내려갔는지 기억이 나지 않는다. 오른쪽 계단 끝으로 갔던가? 왼쪽 벽에 붙었던가? 오른발이 먼저 내려갔던가? 왼발이 먼저 내려갔던가? 한 계단 한 계단씩 내려갔던가? 하나 둘 하나 둘 성큼성큼 내려갔던가? 몇 번째 계단에서 잠시 쉬었던가? 어디쯤에서 열쇠를 가방에 넣었고, 핸드폰을 열어 시간을 확인했던가? 도무지 기억이 나지 않았다.

그러고 보니 나는 똑같이 했다고 생각했는데 출근 준비도 터틀넥을 먼저

입고 스타킹을 신었는지, 스타킹을 먼저 신고 터틀넥을 입었는지도 정확하지 않다. 세수를 할 때 폼클렌징을 얼마나 짜서 썼는지도 잘 모르겠다. 그러면서 나는 일 년 전을 똑같이 재현한다고 확신하고 있었다.

그뿐만이 아니었다. 같은 버스를 탔고 같은 위치에 섰지만 내 앞에 앉아 있는 사람은 달랐고 나는 같은 정거장에서 앉지 못했다. 똑같은 친구를 만났지만 우리가 나눈 이야기는 전혀 달랐다.

이 프로젝트의 결론은 하루 동안 내게 벌어지는 일들을 모두 뻔히 들여다볼 수 있다는 내 생각이 잘못됐다는 것이다. 일상이 반복적이라서 똑같이 따라 하는 것이 어렵지 않으리라 생각했던 내 예상은 보기 좋게 빗나갔다.

자신의 일상이 반복된다고 느끼는 누군가가 있다면 내 실험을 한 번 시도해보기 바란다. 프로젝트를 실행에 옮기기 위해 일 년씩이나 기다릴 필요도 없을 것 같다. 일주일 정도 시차를 두고 똑같은 하루를 살아본다면 내가 일 년 만에 얻은 결과를 똑같이 얻을 것이다.

우리가 매일을 똑같이 느끼는 것은 일상적인 작은 움직임들을 압축해버리기 때문이다. 압축은 반복되는 부분을 생략한 채 저장해두었다가 복원해내는 기술이다. 우리에게 일어나는 일을 모두 기억할 수 없기에 특징적인 것들만 기억하고 나머지는 압축해두었다가 그 큰 덩어리를 풀어헤쳤을 때 다시 원래의 조합으로 떠올릴 수 있게 하는 것이다.

그런데 우리는 너무 큰 덩어리 단위로 압축을 한다. 그러니까 출근 준비를 마치고 버스를 타고 회사에 도착하는 것까지를 출근이라는 큰 덩어리로 묶어서 압축하는 식이다. 우리는 그 덩어리 안에 있는 반복되지 않는 것들까지 한꺼번에 압축해버리기 때문에 매일 매일 달라지는 신선함을 공급해줄 만한 중요한 정보들을 읽지 못했다.

일상은 우리가 살피지 못한 미세한 변화의 조합으로 이루어져 있다. 우리가 바쁘다는 핑계로 자세히 들여다보지 않았기 때문에 그 안의 미세한 차이를 알아보지 못했을 뿐이다. 시간에 기상, 출근, 근무, 퇴근, 취침으로만 점을 찍어놓았기 때문에 매일이 반복처럼 느껴졌던 것이다. 그 사이사이 시간의 주름을 들여다보면 매일매일이 다르다.

반복되는 일상의 탈출구는 그 일상을 떠나는 것이라고 한다. 그래서 사람들은 커다란 가방을 집어 들고 일상의 반복이 없는 곳으로 떠난다. 새로운 장소를 찾아서 새로운 사람을 만나고 새로운 이야기를 만들어갈 때 우리는 활기를 되찾기도 하고 새 사람이 되기도 한다.

하지만 보통의 운을 갖고 살아가는 사람들은 일상의 지루한 반복이 싫을 때마다 모든 것을 내팽개쳐둔 채 홀연히 떠나기가 쉽지 않다. 그럴 때면 더욱 깊이 그 일상 속으로 들어가보는 방법이 있다. 하루하루 내게 벌어지는 일상을 깊숙이 관찰하고 느껴보는 것이다. 크게 묶어두었던 일들을 하나하나 풀어헤쳐서 들여다보는 것이다. 하루를 통째로 살피는 것이 힘들고 번거롭다면 어떤 한 뭉텅이의 시간을 골라내어 매일 관찰하는 것도 좋은 방법이다. 매일 계단을 내려가는 방법을 관찰해보거나 매일 짜서 쓰는 치약의 양이 똑같은지를 관찰하는 것도 재미있다. 매일 아침 출근길에 버스 혹은 전철에서 내 옆자리에 선 사람을 관찰해 보기만 해도 우리의 하루 하루가 얼마나 다른지 알 수 있다. 될 수 있는 한 자세히 들여다보는 것이 포인트이다.

일상은 매일 반복되는 것 같지만 매일매일이 다르다. 다만 미세한 움직임을 우리가 감지하지 못하기 때문에 매일의 차이를 느끼지 못할 뿐이다. 그러니 한 번쯤 이 반복되는 하루 속에서 다른 점들을 찾아가는 일은 시도해볼 만하다. 비슷한 것들 속에서 다른 것을 찾아 즐기는 것은 재미있다. 틀린 그림 찾기처럼 비슷해 보이지만 살짝 다른 무언가를 찾는 짜릿함을 맛볼 수 있다. 이것이 일상의 행복을 간직하고 음미하는 방법이다.

이곳을 떠나지 않고도 새로움을 느낄 수 있다면 더없이 좋을 것이다. 내가 살아가는 곳에서 신선함을 충전할 수 있다면 먼 여행을 떠나는 것보다 훨씬 쉽게 새로워질 수 있다. 그리고 내가 살아가는 이곳이 더욱 사랑스러워질 것이다.

전혀 모르던 것을 발견하는 일만이 새로운 것은 아니다. 같은 일을 새로운 시선으로 바라보는 것도 새로운 발견이다. 일상을 바라보는 시선을 바꾸는 것만으로도 충분히 신선함을 찾을 수 있다.

하루의 기쁨은 디테일에 있다. 이렇게 우리의 일상을 늘여서 세세한 것 하나까지 모두 살펴보면 놀라울 정도의 다채롭다. 시간의 주름을 펴보면 날마다 완전히 다르게 펼쳐지는 일상을 만날 수 있다.

세상은 내 머릿속에 있고,
내 몸은 세상 속에 있다.

폴 오스터

내 것이 아니어도
맘껏 즐겨라

파란 하늘에 뜬 하얀 구름을 보면 무슨 생각이 나니?

질문을 받고 보니 당황스럽다.
여유롭게 앉아 그것들을 본 적도 없고
그것들에 대한 느낌이나 생각을 가져본 적도 없고
어떻게 표현해야 하는지 고민해본 적도 없다.
그러기에는 난 항상 너무 바빴거든.

내 일상이 남아도는 것 하나 없이 빡빡하다는 사실을
다시 한 번 확인하고 우울해졌던 하루.

그 날도 하얀구름은 빛나고 있었다.

이번 주 출근길은 좀 특별했다. 회사 앞에서 꽃집을 발견했기

때문이다. 꽃집이 새로 생긴 것도 아니고 일부러 꽃을 사기 위해 꽃집을 찾아 나섰던 것도 아니다. 꽃집은 항상 그 자리에 있었고, 나는 매일 아침 그 앞을 지나다녔다. 그런데 수백 번 그곳을 지나치면서 단 한 번도 꽃집을 알아차리지 못했다. 그러다가 우연히 그 꽃집을 발견하게 됐다.

꽃집은 회사로 들어가는 마지막 사거리 횡단보도 옆에 있다. 정확히는 횡단보도 뒤쪽에 있다고 해야 하나? 그러니까 내가 길을 건너기 위해 횡단보도 앞에 서면 꽃집을 등지게 된다. 그러다 보니 출근길에는 꽃집을 향해 설 일이 없다. 항상 출근하기 바빴고, 마음속에는 오늘 해야 할 일들이 가득했다. 마음의 여유가 없으니 뒤돌아볼 겨를이 없다. 횡단보도 앞에 서면 온통 신호등에만 신경이 가 있기 마련이다. 파란불이 켜지자마자 회사로 달려가기 바빴다. 그러니 꽃집을 발견하지 못한 것은 너무도 당연한 일이었다.

지난 화요일 갑자기 무슨 여유가 생겼는지 횡단보도 앞에 서 있다가 뒤를 돌아보게 되었다. 그리고 꽃집을 발견했다. 꽃집은 의외로 멋졌다. 횡단보도 쪽 벽면이 유리로 되어 있어서 안쪽이 훤히 들여다보였다. 유리벽 바로 앞쪽으로는 수경재배식물이나 선인장처럼 실내용 작은 화분들이 주르륵 보였고 더 깊숙이에는 꽃다발들이 꽃 냉장고에서 빛나고 있었다. 꽃 냉장고 아래에는 아직 꽃다발을 만들기 전인 꽃들이 양동이에 가득했고 그 위에는 꽃집 언니가 만든 세련된 꽃다발이 다섯 개 놓여 있었다. 예뻤다.

주변에 공연장도 있고 강연장도 있어서 회사 앞 꽃집은 장사가 잘 되나 보다. 만들어놓은 꽃다발은 항상 다음 날이면 다른 것으로 바뀌어 있었다. 나는 매일매일 다른 꽃다발을 감상할 수 있었다. 내일은 또 어떤 꽃다발이 만들어져 있을까 하는 궁금증은 출근길의 또 다른 즐거움이 됐다.

볕이 좋은 날 꽃가게 언니는 작은 허브 화분들을 유리벽 앞으로 가져다놓았다. 만져볼 수도 없고 향기도 맡을 수 없지만 하루가 다르게 힘찬 줄기를 밀고 올라오는 허브들을 보면 웃음이 나기도 했다.

꽃집을 발견하고 한 주 내내 출근이 즐거웠다. 그 앞에 설 때마다 꽃집의 꽃들이 모두 내 것 같았다. 항상 바쁘게 달려오던 내 출근길에 휴식이 허락된 유일한 시간이었다. 내 것은 아니었지만 꽃들을 보는 것만으로도 내 마음은 충분히 밝아졌다.

마치 회사 앞에 작은 꽃밭을 가지고 있는 느낌이었다. 매일 아침 한 번씩 감상할 수 있고, 내가 손보지 않아도 알아서 스스로 잘 자라고, 전문가가 매일 꽃다발도 만드는 비싼 꽃밭이었다. 나는 이 모든 것을 공짜로 즐길 수 있었다. 그저 매일 아침 뒤돌아볼 여유만 있으면 되는 것이었다. 회사 앞에 꽃밭을 갖고 있다는 것은 상상만으로도 근사하지 않는가?

그동안 내 손에 쥐어진 꽃다발이 아니면 나를 감동시킬 수 없었다. 내가 행복해지기 위해서는 내 집에, 내 책상 위에 꽃을 사다놓아야 했다. 누군가 내게 선물을 주거나 내가 누군가에게 선물을 줄 때만 꽃다발은 의미가 있었다. 그렇지 않은 꽃다발은 나를 위한 것이 아니니 쳐다봐서도 안 된다고 생각했고 관심도 갖지 않았다.

내가 시간만 낸다면 회사 앞 꽃집의 꽃은 모두 내 꽃이 되었다. 회사 앞 꽃집의 꽃다발은 쇼윈도에 걸려 있는 옷처럼 전시용이다. 쇼윈도에 걸린 옷을 보면서 사고 싶어 하기도 하고, 자신이 입은 모습을 그려보기도 하고, 트렌드도 파악한다. 꽃집의 꽃도 마찬가지이다. 최대한 예쁘게 꾸미고 호객 행위를 하는 셈이다. 그러니 얼마든지 즐기고 감상해도 좋다.

회사 앞 꽃집을 발견한 후로 내 것이 아니어도 얼마든지 나를 기쁘게 해주는 것이 많음을 알게 됐다. 조금만 관심을 가지면 지나가는 길 사이사이에도 즐길 거리가 많다. 다만 그것들을 즐기려면 마음을 열고 여유 있게 살펴봐야 한다.

흔히 하는 말로 파란 하늘 또한 언제든지 누구든지 즐길 수 있는 것이지만 여유가 없는 사람은 한 번도 보지 못한다고들 한다. 길거리의 가로수를 보면서 가을이 왔음을 느끼는 낭만도 여유를 갖고 나무를 살피는 사람만이 누릴 수 있는 행운이다. 출근길에 딱딱한 보도블록 대신에 공원의 흙길을 발견하는 것도 기꺼이 짧은 시간을 내어 주변을 살피는 사람만이 할 수 있다. 회사 앞 카페에서 매일 아침 커피 내리는 향긋한 냄새로 기분이 좋아지는 것도 그 앞에서 숨을 한 번 크게 들이쉴 여유를 가진 사람만이 즐길 수 있다.

우리 동네 카페는 길거리를 향해 스피커를 하나 더 켜둔다. 이 카페는 커피도 맛있지만 음악도 좋다. 나는 길거리를 향해 켜둔 스피커 덕분에 카페에 가지 않더라도 음악을 들을 수 있다. 카페 앞을 지날 때면 살짝 이어폰을 빼기만 하면 된다. 그리고 조금 느린 걸음으로 카페의 음악을 들으며 지나간다. 동네 대형 마트 앞을 지나면서도 이런 순간을 만날 수 있다. 찌는 여름날 마트 앞을 지나는 순간 시원한 바람이 쏴아 몰아쳐 온다. 에어컨 바람이다. 짧지만 기분 좋은 순간이다.

평일 카페에서도 내 것이 아니지만 나만을 위해 준비된 것들을 만날 수 있다. 휴가를 다녀왔는데 하루가 남았다. 여유 있게 출근하려고 일부러 일찍 여행지에서 돌아왔는데 너무 더워서 집에 있을 수가 없었다. 노트북을 챙겨 동네 카페로 갔다. 카페 문을 열고 들어서는데 조용하다. 주인 아저씨 혼자 노트북을 열심히 들여다보고 있고 손님은 나뿐이다. 그 카페에 앉아 혼자서 또각또각 글을 쓴다. 에어컨도 나만을 위해 돌아갔다. 음악도 나만을 위해 틀어진 것이었고 카페의 넓은 공간 또한 나만을 위한 것이었다. 이 카페의 하루는 완벽히 내가 전세를 낸 셈이다. 모든 것들이 나만을 위해 준비된 것 같아 왠지 내가 중요한 사람이 된 기분이다. 이 모든 것을 커피값 2,700원에 즐겨도 되나 싶을 정도로 만족스러웠다. 가끔 평일에 휴가를 받아 카페에 간다. 나만을 위한 공간, 나만을 위한 음악, 나만을 위한 시간들을 즐기기 위해서이다.

내 손에 쥐어진, 내 몫은 아니지만 약간의 여유만 낸다면 충분히 즐길 수 있는 것들이 많다. 꽃집의 꽃다발처럼 다른 사람의 몫이지만 즐길 수 있는 것도 있고, 파란 하늘처럼 그 누구의 것도 아닌 것들도 있고, 동네 카페의 음악처럼 어떤 착한 사람이 많은 사람들을 위해 꺼내놓는 것들도 있고, 평일의 카페처럼 내가 일부러 찾아나서야 하는 것들도 있다. 어쨌든 내 것은 아니지만 모두들 나를 위해 기다리고 있었던 것처럼 나를 기쁘게 해준다. 내 것에만 집중하느라, 내 몫을 늘리기 위해 애쓰느라 이런 것들을 보지 못한다면 너무도 큰 손해이다.

이 세상에 내 것과 내 것이 아닌 것이 명확해야 했다. 내 몫만큼 즐기고 행

복하리라고 생각했다. 그 이상은 어리석은 욕심이라고 생각했다. 내 것이 아니면 절대 즐기지 않겠다는 고집이 많은 것들을 소유하게 했다. 나는 더 많은 즐거움을 위해 점점 많이 가지려 했고 내 손에 쥐는 것이 늘어날 때마다 뿌듯했다. 나를 기쁘게 하기 위해 존재하는 것들이 많아졌으니까. 그것들만으로도 충분히 행복해질 수 있다고 믿었다.

그러나 세상에는 내가 가진 것보다 좋은 것들이 많았고, 내가 갖지 못해도 즐길 수 있는 것들은 훨씬 더 많았다. 내 몫만큼만 즐기겠다는 것은 내가 가진 작은 것들에 너무 큰 의미를 부여하는 일이었다. 온 세상을 버려둔 채 내 손으로 만들 수 있는 작은 원만큼만 세상을 즐기겠다는 말과 똑같았다.

한 가지만 제대로 즐겨도 재미있게 신나게 살 수 있다. 무엇을 갖기 위해 노력하는 것만큼 주변에 널린 것들을 충분히 누릴 마음의 여유를 찾는 것도 중요하다. 내 손에 쥐어진 것들이 많지 않더라도 일상 속에 널려 있는 기쁨의 순간을 충분히 느끼는 것만으로도 나의 하루는 달라질 수 있다.

항상 나는 즐기기보다는 더 많은 것을 갖기 위해 애썼다. 내가 갖지 못한 것들은 내가 갖고 있는 것보다 더 커 보였고, 그것들을 갖기 위해 더욱 노력해야 했다. 그러다 보니 내 손에 있는 것조차 제대로 즐기지 못했다.

무엇을 갖기 위해 노력하는 것보다는 제대로 즐길 마음의 여유를 찾는 것이 더 중요하다. 내 것이 아닌 것을 탐내는 대신 즐겁게 살 방법이 많다는 것을 조금씩 배워간다. 자꾸 이렇게 마음을 열고 즐기다 보면 내 것을 지키기 위해 굳게 움켜쥐었던 주먹도 조금씩 펴지겠지. 모든 것을 내 것으로 만들겠다는 욕심 비슷한 결심도 조금은 줄어들겠지. 소유하는 것들은 줄어들어도 주변에 존재하는 것들은 조금씩 늘어가겠지.

내일 아침에는 모두들 꽃집이든 카페든 출근길에 즐거움이 되어줄 한 가지를 발견할 수 있기를. 그리하여 그 앞에서 한 템포를 쉬고 큰 숨을 들이마시는 여유를 가질 수 있기를.

PLAY!
2

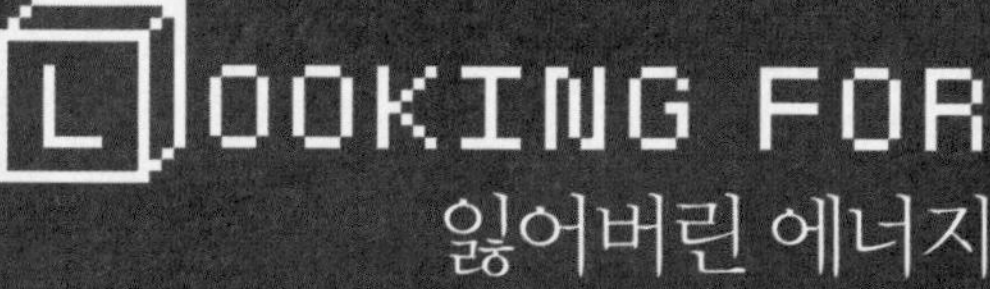

너도 귀엽지 않구나.
나하고 똑같아.
어째서 모든 게 변해가는 걸까?
나도 전에는 솔직하고 귀여운 아이였는데.
이젠 책을 봐도 예전처럼 두근거리지 않아.
마음속에서 누군가가
"모두 잘 끝나게 돼있어"라고 말해버려.
귀엽지 않아.
그렇지?

영화 〈귀를 기울이면〉

눈치 보지 마세요!

마지막 고기 한 점

네 살쯤 되어 보이는 꼬마와 엄마,
길을 가다가 엄마의 친구를 만났다.

서로 반갑게 인사하는데,
꼬마가 손가락으로 코를 잡으며 말하기를,
"아줌마 페브리즈 하셔야겠어요."

지나가는 길이라 큰 소리로 웃을 수는 없었지만
어렸을 때의 그 순수함이 너무도 부러웠던 기억이 있다.

지금의 나는
온갖 일에 사람들의 감정을 보살피고
반응을 살피고
눈치를 보는데.

가끔은 아무 눈치 없는 네 살이 부럽다.

세상에는 두 종류의 사람이 있다. 눈치가 있는 사람과 없는 사람. 눈치가 있는 사람은 다른 사람의 움직임과 상태를 신경 쓰면서 상황에 맞게 말하고 행동한다. 비교적 작은 신호도 잘 알아차려서 상대방이 원하는 것을 미리미리 감지하고 반응한다. 덕분에 센스가 있다거나 배려심 많은 사람이라는 칭찬을 듣는다. 그러나 너무 눈에 띄게 눈치를 보면 영악하다거나 여우같다는 말을 듣는다.

눈치가 없는 사람은 주변 상황에 민감하지 못하다. 눈에 보이지 않는 분위기나 문맥 사이의 숨은 뜻을 콕 집어서 이야기해주지 않으면 잘 파악하지 못한다. 이런 사람은 속 좋다는 이야기를 칭찬처럼 자주 듣지만 그 말에는 비아냥거림이 어느 정도 섞여 있다. 그러나 눈치 없는 사람은 그 뉘앙스조차 잘 알아듣지 못하기 때문에 정말 사람 좋다는 의미로 알아들을 때가 많다. 어쨌든 본인은 속 편할 때가 많다. 안 좋게는 철이 없다거나 나잇값 못한다는 말을 듣기도 하지만.

눈치 있는 사람은 눈치 없는 사람이 답답하다. 도무지 상황 파악이라곤 할 줄 모르고, 어른스럽지 못하게 제멋대로 행동하는 것처럼 보인다. 반대로 눈치 없는 사람은 눈치 있는 사람이 피곤하다. 세상만사 쓸데없는 사소한 일에까지 신경 쓰면서 중요하지도 않은 일에 예민해 보이기 때문이다.

이렇게 둘 다 일장일단이 있어 보이지만 사실 눈치 있는 것이 눈치 없는 것보다 살기 편한 것은 사실이다. 눈치가 있다는 것은 기본적으로 다른 사람을 향해 마음과 눈이 열려 있다는 의미이기 때문에 그들로부터 알아줘서 고맙다는 인사를 받는 경우가 많다. 판이 돌아가는 것을 재빨리 알아차려서 원하는 것을 더 쉽게 얻는 행운을 누리기도 한다. 만나야 할 사람이 많아지고 좋든 싫든 누군가와 어울려 살아야 하기 때문에 다른 사람의 상태를 살피는 것은 중요한 능력 중 하나가 되었다. 내가 친구의 휴대전화번호가 궁금해서 다른 친구에게 물어본다고 치자. 문자 메시지로 "수연이 핸드폰 번호 좀 찍어줘"라고 보내면 보통의 친구는 메시지 내용에 수연이 번호만 적어서 보내준다. 그러면 나는 그 번호를 중얼중얼 외우고 빠르게 통화 모드로 들어간 다음 전화번호를 누르고 통화를 한다. 반면 눈치가 있는 친구는 문자 메시지 내용에 번호를 적어 주고, 발신자 번호에도 수연이 전화번호를 찍어서 보내준다. 그러면 나는 바로 통화버튼만 누르면 연결이 되기 때문에 훨씬 편하다. 애써 번호를 외우거나 따로 종이에 받아 적지 않아도 편하게 통화를 할 수 있다. 상대방이 무얼 원하는지 빠르게 파악하고 반 발자국 앞서 나가는 배려이기도 하다. 그러니 누구든 눈치 있는 사람을 더 좋아할 수밖에 없다.

우리는 다른 사람들의 사랑을 받기 위해 혹은 경쟁에서 살아남기 위해 시도 때도 없이 눈치를 본다. 눈치가 있는 사람이든 없는 사람이든 눈치를 보게 된다. 말이나 행동으로 드러나지 않는 무언의 메시지를 읽기 위해 항상 더듬이를 치켜세우고 사람들을 만난다.

회사에 가면 상사와 동료의 눈치를 보는 것이 일상이 됐다. 다른 사람의 기분을 살피면서 긴장한 상태로 하루를 보내야 한다. 메일을 돌리거나 회의를 할 때 나만 제외되는 것은 아닌지 살펴야 하고 만약 그런 상황이라면 뭐가 잘못 돌아가고 있는지 재빠르게 파악해서 대처해야 한다. 승진 발표라도 있는 날에는 숨도 쉬지 못하고 눈치를 살필 수밖에 없다. 무슨 말을 하려다가 누군가의 눈치를 살피느라 멈칫 눈동자를 굴릴 때면 "너, 왜 눈치 보냐"며 한 소리 듣기 일쑤이다. 눈치를 보는 것까지 눈치를 봐야 하는 피곤한 상황이 매일 펼쳐진다.

남녀 사이에 밀고 당기기를 잘하려면 눈치를 잘 봐야 한다. 똑같이 화를 낼 때도 정말 화가 난 것인지, 그냥 해 보는 말인지 잘 알아차려야 한다. 그렇지 않으면 웃자고 한 말에 죽자고 덤비는 일이 생길 수 있다.

일상적으로 눈치 볼 일이 많아진 우리는 눈치 볼 상황이 아닌데도 눈치를 보게 된다. 버스 안쪽 자리에 앉아 있다가 먼저 내릴 때면 언제쯤 내가 내릴 것이라는 신호를 보내야 할지 바깥쪽 자리에 앉은 사람의 눈치를 본다. 아직 추운데 나 혼자 너무 일찍 봄 카디건을 꺼내 입었을 때도 모든 사람이 나를 쳐다보는 것 같은 착각과 함께 부끄러움 비슷한 눈치를 봐야 한다. 이때 내 몸이 추운 것은 일도 아니다. 다른 사람들의 시선이 더 신경 쓰인다. 습관화 된 눈치 보기는 눈치와는 아무런 관계가 없는 일까지 눈치를 보게 만든다. 이런 눈치는 사람을 피곤하게 한다.

쓸데없는 눈치의 최고 절정은 불판 위에 남은 마지막 고기 한 점이다. 사람들과 삼겹살을 구워 먹을 때면 불판 위에 꼭 마지막 한 점이 남는다. 그걸 먹기 어려울 만큼 찢어지게 배가 부른 것도 아닌데 내가 먹자니 괜히 나 혼자 고기 한 판을 다 먹은 느낌이 들어 머뭇거리게 되었다. 그러면서도 나는 그 마지막 고기 한 점을 남겨둔 채 일어서는 것이 영 찝찝했다.

고기가 몇 점 남았는지 대충 눈으로 셀 수 있을 때 몫을 나눠 각자의 앞쪽

불판에 갖다 놨다. 그렇게 각자 그 고기가 없어질 때까지 모두 먹으면 마지막 한 점을 남기지 않을 수 있었다. 가끔은 고기가 서너 점쯤 남았을 때 "난 이제 그만! 나머지는 너 다 먹어" 하고 젓가락을 먼저 놓기도 했다. 그러면 친구는 "뭐냐! 먹을 만큼 다 먹고는 이제 와서 그만이라니"라는 반응을 보이기도 한다. 내게 나머지란 마지막 고기 한 점을 의미하는데 친구는 '정말 대단한 것 남겨주고 그러시네' 라는 반응을 보이는 것이다. 사람들이 마지막 고기 한 점을 진정 먹기 싫어서 남긴 것인지, 사회적 지위와 체면 때문에 어쩔 수 없이 남긴 것인지 알아차리기 위해 끊임없이 사람들의 젓가락질 횟수를 관찰하며 눈치를

살폈다.

그러다가 그러고 있는 내가 스스로 피곤했다. 내가 왜 이렇게 쓸데없는 일로 눈치를 보고 있지? 고기 한 점이 뭐기에 이토록 눈치를 보는 걸까? 마지막 고기 한 점쯤이야 아무나 먹어도 상관없지 않나? 그렇다. 마지막 고기 한 점은 아무나 먹어도 된다. 그런데도 나는 정해진 주인이 있을 것이라 생각하면서 끊임없이 눈치를 보고 그 답을 찾았던 것이다.

끊임없이 다른 사람들의 눈치를 살피다 보면 우리는 답도 없는 문제를 풀기 위해 낑낑거리는 경우가 있다. 그것이 문제가 아닌데도 답이 있을 것이라 상상하며 계속 답을 찾기위한 시도를 하는 것이다. 눈치 있는 사람이라고 해서 그 상황을 좀 더 현명하게 처리할 수 있는 것은 아니다. 사실 이런 문제들은 전혀 눈치 볼 문제들이 아니다. 아예 처음부터 답이 없는 문제였던 것이다.

사람들의 사랑과 인정을 받으려면 눈치가 있어야 한다. 사람들이 어떤 것을 좋아하는지, 내가 어떻게 움직여주면 더 좋아하는지, 이 일에 대해서 어떻게 생각할지 끊임없이 살펴야 한다. 빠르게 알아차리고 그들의 입맛에 맞게 행동하는 것만이 최고의 미덕이라 생각해왔다.

그러다 보니 우리는 옆 사람의 시선과 존재를 과도하게 의식하게 됐다. 사람들에게 잘 보이고자 하는 욕심이 앞서서 내 생각대로 뭔가를 선택하는 데 자꾸 눈치를 보게 된다. 상황을 파악하려고 애쓰는 것이 아니라 다른 사람이 어떻게 생각할지만을 살피게 된다. 눈치를 보고 다른 사람이 원하는 대로만 한다면 문제를 더 잘 풀 수 있을 것이라고 생각한다. 또한 어떤 것도 스스로 결정하지 못하고 남의 의견을 구하는 데 익숙해져 있다. 그 눈치와는 전혀 상관없는 상황에서도 다른 사람들의 반응을 살피게 된다. 심지어 그 사람은 아무 관심도 없는데 혼자서 전전긍긍하는 일도 있다.

눈치를 너무 보다 보면 움직일 수 있는 범위가 좁아진다. 살아가면서 '이럴 땐 이렇게'라는 상황별 케이스를 정리하고 그에 맞춰 생각하고 행동하는 것이 여러 모로 편하다는 것을 알게 됐다. 그래서 어떤 상황을 경험할 때마다 정답을 정해두고 비슷한 상황이 됐을 때 똑같이 해결하려고 한다. 그러나 세상에는 답이 없는 문제들도 많다. 처음부터 문제가 아니었기 때문에 답 또한 있을 수 없다. 이래도 되고 저래도 되는 것들이다. 그러니 가끔은 그냥 내키는 대로, 하고 싶은 대로 해도 된다. 어린 시절 우리가 자유롭게 생각할 수 있었던 이유 중 하나도 상황에 대한 답을 알지 못했기 때문이다.

다른 사람들의 시선에서 좀 자유로워지고 싶다. 상황 파악이나 센스 정도의 눈치만 있으면 될 것을, 수시로 다른 사람들의 의견을 살피느라 너무 힘들었다.

고기 한 점 정도의 눈치는 버려도 좋다. 이제 나는 마지막 고기 한 점을 내 젓가락으로 꾹 누르곤 한다. 내가 먹겠다고 찜해놓는 것이다. 그래도 아무도 뭐라고 하는 사람이 없다. 처음부터 내가 먹어도 되는 것이었는데 괜히 "누가 먹어야 할까?"의 답을 구하기 위해 애썼던 것이다.

쓸데없는 눈치를 주고받는 것은 피곤한 일이다. 마음 맞는 사람과 편하게 앉아서 고기를 먹는 시간만큼은 눈치를 잠시 꺼두셔도 좋습니다!

공유하지 않아
더 의미 있는

혼잣말.txt

거울을 보면서 스스로에게 다짐을 했던 것이 언제던가?
저녁에 조용히 앉아 일기를 썼던 것이 언제던가?
아무도 듣지 않는 말을 스스로에게 읊었던 것이 언제던가?

아무도 모르게
나 혼자만 간직하고 있는 비밀을
나는 몇 개나 갖고 있는가.

언제부터인가 혼잣말하는 법을 잊어버렸다.
나는 점점 스스로 치유하는 힘을 잃어버리는 것은 아닐까?

사람들은 묻는다.
혼자 떠난 여행은 너에게 무엇을 남겨주었냐고.

나는 그냥 웃는다.
그건 나와 내 마음 둘만의 비밀이니까.

황경신, 《그림 같은 세상》

안녕
thanks

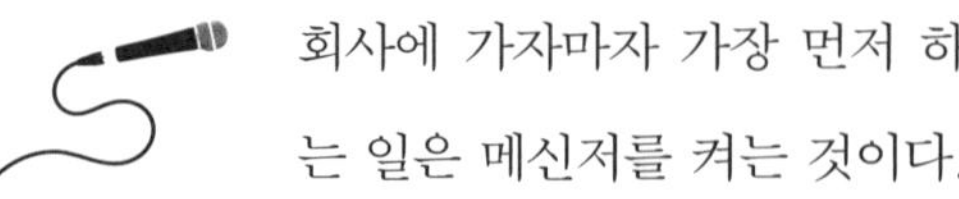회사에 가자마자 가장 먼저 하는 일은 메신저를 켜는 것이다. 사내 메신저 하나, 외부 친구들과 연결된 메신저 하나. 메신저에는 수십 명의 친구들이 주르륵 줄지어 기다리고 있다. 하루 종일 아니, 몇 달이 가도 말 한 번 걸지 않는 친구들도 있지만 로그인되어 있는 것만 봐도 친구가 잘 살고 있구나, 아직도 나를 기억하고 있구나를 생각하게 된다. 메신저에 로그인하는 것은 나의 존재감을 알리는 방법인 동시에 친구의 생존을 확인하는 수단이기도 했다.

나는 아무나 선택해서 창만 열면 대화를 시작할 수 있다. 메신저로 대화를 주고받고 반응하는 것은 당연한 일상이 됐다. 메신저 가득한 친구 리스트를 볼 때마다 내가 말하면 누군가 들어줄 것 같아 마음이 따뜻해진다. 메신저를 통해 쏟아지는 친구들의 호출을 받으면 내가 세상의 고리에 단단하게 연결되어 있다는 생각에 안심이 된다.

메신저만 있으면 좁은 모니터 공간 속에서 친구들의 일상사를 모두 만날 수 있다. 친구가 영국 여행을 다녀온 이야기며, 결혼을 한다는 이야기며, 상사와 싸운 이야기며, 저녁 메뉴는 스파게티라는 등의 사소한 일상도 메신저를 통해 가장 먼저 공유된다. 친해지고 싶은 사람을 만나면 휴대전화 번호를 묻듯이 메신저 주소를 물었다.

친구들과의 대화는 내가 하루를 버텨내는 힘이 되기도 한다. 알지 못할 분노가 끓어오를 때 혼자 화장실에서 중얼거리기보다는 메신저 대화창을 열어 온갖 열받은 이야기를 친구에게 털어놓는다. "어쩌면 그러냐"며 친구가 맞장구를 쳐주면 그제야 비로소 안정을 되찾는다. 하던 일이 잘 안 풀릴 때는 종이를 꺼내 일이 어디서부터 꼬였는지 차근히 적어가며 생각하기보다 다짜고짜 메신저창을 열어놓고 친구가 대답할 사이도 없이 내 이야기를 털어놓고 친구의 응원 한마디에 힘을 얻어 다시 일을 시작하곤 한다. 마음에 안 드는 동료를 만났을 때도 대놓고 할 수 없는 욕설을 혼자 조용히 일기장에 끼적거리는 것이 아니라 메신저에 대고 그 사람에 대한 모든 이야기를 꺼내놓아야 마음이 풀린다. 친구가 위로든 공감이든 반응해주면 역시 내가 옳았어 하며 확신을 갖게 된다.

그러던 어느 날 회사에서 보안상의 이유로 외부와 연결된 메신저를 전부 차단시켰다. 업무상 필요한 커뮤니케이션은 사내 메신저만으로도 충분하다는 회사 자체적인 판단에 따른 조치였다. 바로 다음 날부터 컴퓨터를 켜도 외부와 연결된 메신저는 '로그인하고 있습니다' 라는 메시지만 몇 분째 뜨다가 이내 패스워드가 잘못됐거나 네트워크상의 문제로 연결이 안 된다는 메시지가 떴다.

나는 세상을 향해 내 마음을 떠벌리던 마이크를 잃어버렸다. 내 말을 듣던 사람들이 갑자기 모두 사라져버린 느낌이었다. 내 말을 들어줄 사람이 없다고 생각하니 감정적인 공황 상태에 빠졌다. 친구들과 나눴던 이야기며 의견들을 쏟아놓을 곳이 없었다. 직장 동료들과 커피를 마시는 시간이 늘었다. 가끔 나가서 수다를 떨고 오면 괜찮아지기도 했지만 순간순간 떠오르는 감정들을 처리하기가 곤란한 것은 마찬가지였다.

어떻게든 이 심리적 불안을 해결해야 했다. 컴퓨터 바탕화면에 혼잣말.txt를 만들었다. 메모장 파일 하나를 열어 내가 하고 싶은 말들을 그냥 쭉 적는 것이다. 누가 나를 열받게 하거나 짜증나는 일이 있거나 일이 잘 안 풀릴 때 이

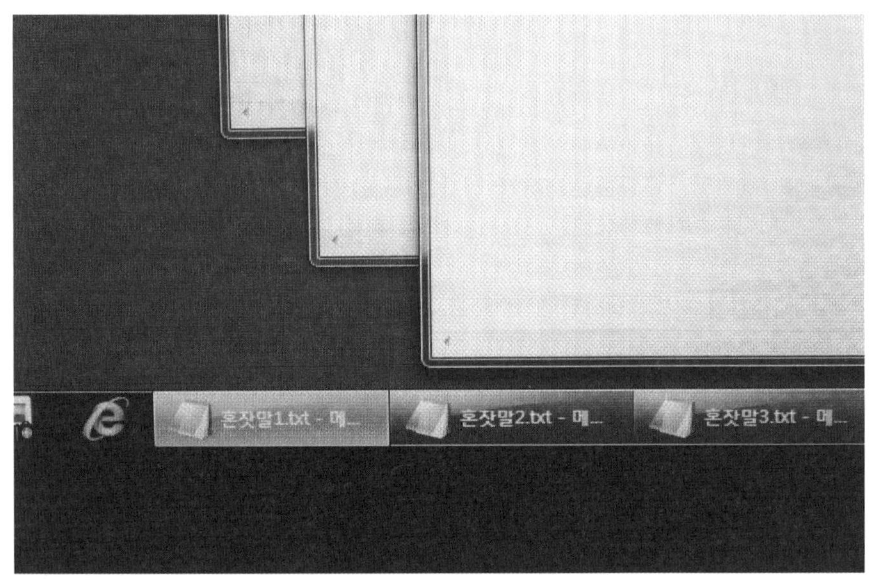

파일을 열어놓고 아무 말이나 적었다. 친구에게 메신저로 했을 말들을 그냥 파일 하나에 모두 몰아넣었다. 그러다가 정기적으로 한 번씩 비워주고, 다시 또 하얀 여백에 혼잣말을 시작하곤 했다. 누군가 우연찮게 내 바탕화면의 혼잣말.txt를 열어보게 된다면 곤란한 내용이 있을 테니까. 중요한 마음을 쏟아낸 다음에는 꼭꼭꼭 깨끗하게 내용을 지워줘야 한다. 혼잣말 파일은 일기장처럼 노트를 펴지 않아도 되기 때문에 회사에서도 언제든지 창을 조그맣게 열어두고 내 이야기를 쓸 수 있어서 좋다. 난데없이 근무 중에 노트를 펴면 지나가던 동료가 "뭐해?" 하면서 관심을 보일 수도 있는데 혼잣말 파일은 그럴 일이 없다.

이 파일의 목적은 읽히거나 저장하는 것이 아니라 뱉어내는 것이다. 그러고 보니 메신저 또한 기록이나 저장이 목적이 아니라 내뱉기를 목적으로 한다. 내가 메신저를 하는 것도 쉬지 않고 자판을 두드리는 행위 자체에서 어느 정도 스트레스가 해소되어서였던 것 같다. 친구들의 위로나 공감 덕분이 아니라 그 말을 내뱉는 순간 스스로 생각하고, 반성하고, 위로했기 때문이다. 그래서 메신저는 어느 순간의 내 마음을 일일이 기억하기 위해서가 아니라 누군가에게 털어놓고 싶은 내 마음을 내뱉기 위해서 사용하는 커뮤니케이션 수단인 것이다.

얼마 지나지 않아서 알게 됐다. 나는 친구들에게 메신저로 말할 수 없었던 이야기까지 혼잣말 파일에 꺼내놓고 있었다. 메신저보다 더 속시원하게 이야기할 수 있었다. 어차피 나만 뱉어내고 말 이야기니까. 아무에게도 털어놓을 수 없는 혼자만의 이야기를 하면서 더 위로받고 있었다. 그동안 혼자 씹어 삼켰어야 할 말들도 너무 쉽게 세상을 향해 꺼내놓았음을 반성하게 됐다. 내가 혼잣말하는 기능을 완전히 잃어버린 채 내 마음에서 일어나는 일을 생중계하듯이 누군가에게 떠벌려야만 안심이 되었던 불안정한 생활을 되돌아볼 수 있게 됐다.

직원들의 반발로 한 달 만에 외부와의 메신저는 다시 열렸다. 하지만 더 이상 친구들의 반응을 기대하며 메신저를 통해 내 마음을 꺼내놓는 일은 하지 않는다. 다른 사람들과 공유하지 않아도 되는 마음과 쓸데없는 중얼거림은 혼잣말 파일에 적어놓는다.

시원한 바람에 밀려 10분쯤 일찍 출근한 날 조용한 사무실에서 혼잣말.txt를 열어 작성해본다. 생각나는 말들을 잠깐 적어보는 것만으로도 나는 알 수 없는 평온함을 느낀다. 아무도 내 말을 들어주지는 않지만 그 아무도 듣지 않음이 내 마음을 달랜다. 혼자 하고 싶었던 말을 신나게 내뱉으면서 하루를 시작하는 마음에 시동을 거는 것이다. 숨 가쁘게 돌아가는 일상에서 나만의 멋진 비밀 한 가지가 생긴 것 같아 더 재미있다.

우리는 언제나 다른 사람과의 소통에만 집중해왔다. 그러다 보니 이제는 이야기를 들어줄 대상이 없으면 아무 말도 할 수 없는 상태가 됐다. 항상 누군 가 듣고 공감하고 응원하거나 박수를 쳐야만 다음 말을 이어갈 수 있다. 그렇 게 혼자 말하는 법을 잊어버렸다. 누군가 들어주지 않는 말을 혼자서 하고 있 다는 것은 아무도 나를 알아주지 않는 외로운 일이 되어버렸다.

혼잣말을 무시해서는 안 된다. 혼잣말의 전형인 일기는 단순히 자신을 기 록하고 돌아보게 하는 것뿐만 아니라 스스로 힘든 일과 분노를 씹어 삼키게 도 와주는 기능을 한다. 옛날 할머니들은 할아버지와 싸워서 화가 나면 부엌 아궁 이에 나뭇가지를 꺾어 던지며 혼잣말을 중얼거렸다. 우리는 그 말들의 힘을 잊 지 않아야 한다. 거울을 보면서 스스로에게 "아자, 아자"라는 구호를 외치는 사 람들의 마음을 알아야 한다. 이는 특별히 누가 들어주기를 바라는 것이 아니라 스스로 말하고 스스로 들으면서 스스로 응원하고 스스로 치유하는 과정이다. 우리는 혼잣말에서 그 힘을 찾을 수 있다.

혼잣말이 사라지면 그 자리에서 즉시 분노가 분출된다. 누군가에게 말을 해야만 견딜 수 있는 것이다. 혼자 씹어 삼키는 기능은 제 역할을 하지 못한다. 내게 무슨 일이 생기면 스스로 치유하는 방법도 모른다. 당연히 혼자 간직하는 비밀도 없어지고 은근한 맛도 없어진다.

공유와 공감의 유익함을 부정하는 것이 아니다. 긍정적인 의견 교환뿐만 아니라 뒷말 또한 일시적으로 감정 정화 기능이 있음을 인정한다. 그렇게 내뱉고 나면 마음이 한결 가벼워진다는 것을 나도 안다. 하지만 그것에 너무 집착해서는 안 된다. 다른 사람들과 공유해서 해결할 문제가 있고, 혼자 씹어 삼키는 것이 더 유익한 말들이 있다. 그런데 우리는 혼자만 알고 있으면 더 좋았을 마음까지 모두 꺼내놓아 사람들에게 위로받고 싶어 한다. 그것만을 목표로 의견을 이야기하고 다른 사람들이 공감해주는지 그렇지 않은지에 따라 내 편과 남의 편을 나눈다.

혼잣말이 사라진 시대. 공감과 공유만을 미덕으로 알고 끊임없이 소통만을 위해 애쓰는 시대. 우리에게는 스스로 말하고 스스로 듣는 시간이 필요하다. 나를 가장 잘 위로하고 가장 잘 알아주는 것은 나 자신이라는 사실을 놓치면 안 된다. 다른 사람의 피드백에 의해서가 아니라 언제나 내 마음의 소리에 의해 움직이는 사람이 되고 싶다.

아주 쉽게
떠나는 방법

여행 가방

'내 평생 딱 하루 소풍을 간다면
섬진강으로 가겠어!'
라고 했더니

'그럼 지금 가'
라는 명쾌한 해답이 돌아왔다.

여행을 떠나지 못하는 우리에게 필요한 것은
산뜻한 첫걸음.

회식 자리에서 꼭 여행 가고 싶은 곳에 대해 이야기하고 있었다. 누구는 남미의 우유니 소금사막에 가고 싶어 했고, 누구는 아프리카의 세렝게티를 이야기했고, 누구는 지중해의 푸른 바다를 꿈꿨고, 또 다른 누구는 가까운 일본이나 동남아를 꼽았다. 예전의 유럽 여행을 회상하면서 그때처럼 다시 한 번 배낭여행을 떠나고 싶다는 사람도 있었다. 그때 누군가가 "아우, 꼭 그런 커다란 여행이 아니어도 하루 이틀쯤 어디 가서 바람이나 쐬고 왔으면 좋겠다"고 이야기하자 모두들 박수를 치며 공감했다. 누구나 크든 작든 마음 한 구석에 여행을 꿈꾼다. 여행은 모든 직장인에게 탈출구이자 자유의 상징이요, 로망이 된 지 오래이다. 일상적인 공간을 떠난다는 것은 어떤 형태로든 우리에게 활기를 되찾아주고, 다시 제자리로 돌아와서 정상적인 호흡으로 달려갈 수 있게 해준다.

'여행 갈까?' 라는 생각은 수시로 머리와 마음속을 드나들면서 힘을 주기도 하고 힘을 빼기도 한다. 언제든 떠날 수 있다는 희망에 부풀어서 "어딜 갈까? 언제 가지?" 하고 고민하다가도 이것저것 재고 따지다 보면 "안 되지 안 돼" 하고 머리를 절레절레 흔들며 다시 바람 빠진 풍선마냥 기운이 없어지곤 한다.

언제든 맨 공기를 만나는 여행은 나를 들뜨게 한다. 처음 서울이란 도시에 왔을 때는 이곳의 공기가 나쁘다거나 내가 살던 곳의 공기가 좋다는 것을 느끼지 못했는데 시간이 갈수록 공기가 나쁘다는 게 무슨 의미인지를 깨달아간다. 공기만 나쁘다기보다는 우중충함, 삭막함, 소음까지 더해져서 나를 답답하게 한다. 이제는 나도 가끔씩 에어컨이나 자동차가 뱉어내는 기계적인 공기 말고 나무와 풀이 뱉어내는 자연적인 공기를 마시고 싶다. 사람들이 멋들어지게 뿌리고 다니는 향수 냄새가 아니라 꽃향기가 그리운 날이 있다.

마음만 먹으면 언제든 문을 나설 수 있을 것 같던 우리의 발은 결정적인 순간 무언가에 꽁꽁 묶인다. 여행을 가지 못하는 핑계는 여행하고 싶어 하는 사람의 숫자만큼 많다. 혼자는 무서워서, 친구랑은 시간이 안 맞아서, 어디로 가야 할지 몰라서, 가족들이 뭐라고 할 것 같아서, 다녀오면 피곤할 것 같아서, 돈이 또 얼마나 깨질지 몰라서. 생각하면 생각할수록 갈 수 없는 이유밖에 없다. 예전에는 "에라 모르겠다. 일단 출발하고, 나머지 일들은 다녀오고 나서 생각하자. 무조건 고고!" 하기도 했었는데 나이가 들수록 또렷해지는 현실 감각은 그런 무모한 떠남마저 쉽게 허락하지 않는다. 떠나지 못하는 이유가, 떠나지 못하는 이유를 만들기 바빠서 그런 것은 아닐까 싶을 정도이다. 여행 가지 못할 이유를 끝없이 만들어내는 것이 일 년 365일 떠나지 못하는 사람들의 특징이다.

어쨌든 여행하고 싶다는 배부른 소망은 몇 년이 지나도록 먹고사는 일의 뒷전에 밀려나 있게 마련이다. 그냥 머리로만 생각하고 계산했을 때는 해외여행까지는 아니어도 그저 맑은 공기를 마시고 혼자서 '자유롭다', '여유롭다', '시원하다'를 느낄 만큼 간단한 떠남 정도는 언제든지 만들 수 있을 것 같은데 살다 보면 그것 또한 쉽지만은 않다. 일 년이 가도록 불러주는 사람이 없으면 가까운 공원조차 나가볼 일이 없을 정도이다.

떠나지 않고 일상만 계속 엮어가기에는 마음이 너무 들떠 있거나 가라앉아 있고, 훌쩍 떠나기에는 용기가 부족하다. 이런 우리가 단순한 생각으로, 가벼운 마음으로 좀 더 쉽게 집을 나서려면 뭔가 계기가 필요하다. 내가 떠나고 싶다는 이유만으로는 더 이상 충분한 동기부여가 되지 않는다. 그냥 "또 또 또 바람들었네" 하며 대수롭지 않게 여기기 때문이다. 그리고 항상 '무언가를 하고 싶다'는 내 마음은 '귀찮다'는 내 몸의 핑계에 밀리곤 했으니까.

언젠가 나는 바자회에서 산 작은 가방을 여행 가방으로 만들었다. 싼 맛에 착한 일 하느라 사긴 샀는데 회사에 들고 다니기도 애매하고, 워크숍에 들고 가기에는 좀 작아서 그냥 방구석에 걸어두기만 했다. 그런데 어느 날 갑자기 '여행 가방이 필요해!'라는 생각이 들어서 그 가방을 꺼내 먼지를 닦고 여행 가방을 만들었다. 거기에는 다음 여행지에서 읽고 싶은 가벼운 책과 칫솔, 치약, 그리고 화장품 샘플들을 넣어뒀다. 이 가방을 집어 들고, 입고 있던 추리닝을 벗어서 가방에 담으면 바로 떠날 수 있다. 언제든지 떠날 준비를 해놓는 것이다.

아, 그리고 마스크팩도 한 장 넣어뒀다. 여관방이든 호텔방이든 가자마자 마스크팩을 냉장고에 넣어두었다가 잘 때 붙이고 자면 좋다. 마스크팩을 가방에 넣어둔 것은 힘들고 피곤하다는 핑계로 소홀히 했던 피부에 탱탱함을 공급하기 위해서이기도 하고 너무 오랜 시간 여행 가방을 방치하지 말고 조만간 떠나자는 스스로의 결심이자 의지이자 바람을 다지기 위해서이기도 하다.

이렇게 가볍게 꾸려진 가방이 항상 내 옷걸이에 걸려 있으면 금요일 저녁에도, 토요일 아침에도, 가방 속의 책이 읽고 싶은 날에도, 바람 쐬고 싶은 날에도, 계절이 바뀔 때마다, 마음이 바람에 날릴 때마다, 마음이 빛과 바람을 그리워할 때마다, 혹은 마음이 '떠나고 싶어'에 가닿을 때마다 옷걸이에 걸린 여행 가방을 들고 언제든 출발할 수 있다.

어디론가 떠나고 싶어질 때 내가 해야 할 일은 딱 하나! 바로 이 가방을 집어 드는 것이다. 그러면 신기하게도 어디로든 가게 된다. 이 가방이 내게 가르쳐준 것 세 가지. 하나, 여행갈 때 짐의 무게만큼 마음도 무거워진다는 것. 둘, 마음의 무게만큼 첫걸음이 무겁다는 것. 셋, 우리가 떠나지 못하는 딱 하나의 이유는 무거운 첫걸음 때문이라는 것.

이렇게 훌쩍 떠나는 여행에는 준비도 계획도 필요하지 않다. 내가 가보니 정말 아무런 준비 없이도 1박 2일은 지낼 수 있다. 그냥 가까운 친구 집에서 자고 오듯이 가볍게 출발하면 되는 것이다. 옷을 갈아입을 필요가 없으니 잠옷 대용으로 가벼운 추리닝 하나만 챙기고, 내일이면 돌아올 테니 속옷을 갈아입을 필요도 없고, 돌아오면 곧 샤워를 할 테니 양말도 오늘 신었던 그대로 돌아오면 된다. 발길이 닿는 대로 가면 되니까 계획은 없어도 되고, 어디든 도착하는 곳이 목적지가 될 테니 예약 같은 것도 필요 없다.

여행에 앞서 계획하고, 준비하고, 다짐하고, 설득한다. 이런 일련의 준비 과정을 거치다가 출발 전에 지치기도 하고, 준비만 하다가 포기하기도 한다. 너무 많은 결심과 계획은 출발 전부터 사람을 지치게 한다. 항상 우리의 여행 계획은 변경과 축소, 취소만을 반복했다.

가끔 우리에게는 결심과 계획보다는 행동 강령이 필요하다. 마음가짐으로는 안 된다. 행동 지침이 필요하다. "가방만 들면 여행을 떠나라!"라는 규칙을 만들어놓고 언제든 가방을 들면 무조건 출발하는 것이다.

비행기를 타고 여권이며 환전까지 번거로운 작업을 해야 하는 장거리 여행이 아니라 가깝게 버스를 타고 하룻밤 자고 올 수 있는 여행 혹은 떠났다가 당일치기로 돌아올 수 있는 여행. 이런 여행은 이 정도의 준비만으로도 충분하다. 그런 여행조차 일생일대의 거대한 이벤트처럼 7박 8일을 준비하기에는 준비 운동이 너무 길다.

우리는 자신을 설득하느라 너무 많은 시간을 낭비한다. 자신이 하고 싶은 일이면서도 또 그 마음을 설득하기 위해 애쓰는 것이다. 신중하게 계획을 짜고 철저하게 준비하는 것은 중요하다. 하지만 그 준비가 지나쳐서 출발 전부터 지칠 때가 얼마나 많았던가. 망설이기만 하다가 포기한 일들이 얼마나 많았던가. 생각하면 생각할수록 하면 안 되는 이유만 생기던 여행이 얼마나 많았던가. 생각해보면 우리가 떠나지 못하는 이유는 단 한 가지, 출발하지 않았기 때문이다.

우리는 여행에 많은 이유를 필요로 했다. 앞으로 우리는 여행 가방을 들었다는 이유만으로 여행을 갈 수 있다. 여행을 가야겠다! 마음을 먹는 것은 어렵지만 가방을 집어 드는 것은 쉽다. 계획과 목적지는 가방을 든 후 출발하면서 생각하면 된다.

어디로 가야 할지 어디서 자야 할지는 가면서 생각하면 된다. 터미널까지 가서 어디 갈까를 결정해도 되고, 터미널까지 가는 길 어디선가 내려서 길을 걸어도 좋다. 그렇게 훌쩍 떠나는 여행의 재미는 이런 충동성과 대책 없음에 있다. 아무런 계획 없이 발길 닿는 대로 걸어가다 보면 그곳에서도 잘 살아가는 나를 발견하게 된다. 우리가 살아가는 데는 그렇게 많은 것이 필요하지 않다는 사실도 알게 된다.

때로는 너무 많은 망설임이 우리를 붙잡아둔다. 내가 여행을 즐길 시간은 망설임에 의해 더욱 짧아진다. 마음만 먹으면 우리를 어디로든 데려다줄 매직 카펫 같은 여행 가방이 필요하다. 여행 가방을 만들어 옷걸이에 걸어두고 갈까 말까 망설이는 날이 있다면 이 여행 가방을 집어들자. 어디로든 출발하는 당신을 만날 수 있을 테니까.

영화 〈잠수종과 나비〉

음악을 듣고 있는데,
그저 소리만 들리고 아무런 감동도 울림도 없다.
그 메마름에 더럭 눈물이 났다.

백 번 천 번을 국그릇에 몸을 담그면서도
국물 맛을 느끼지 못하는 숟가락처럼
내 마음도 딱딱해져버린 것일까?

내 귀는 정상적으로 작동하고 있으나
무엇 하나 제대로 듣지 못하는 '물건'이 됐다.

잠들어 있는 감각 깨우기

TV 듣기

〈어둠 속의 대화〉라는 '시각장애 체험' 전시를 관람했다. 관람이라기에는 아무것도 볼 수 없었던, 그저 소리와 느낌만이 존재하는 암흑의 전시였다. 전시장 안으로 들어서니 검은색으로도 보이고 회색으로도 보이고 그저 아무것도 보이지 않는 시커먼 공간이었다. 일상생활에서의 어둠은 약간의 시간이 지나고 홍채가 커지면 몇몇 물건 정도는 구분할 수 있는 깜깜함이었지만 이날 내가 체험한 암흑은 그야말로 끝까지 아무것도 볼 수 없는 완벽한 어둠이었다.

전시는 안내를 따라 세팅된 숲을 지나고 시장을 지나고 도로를 지나 카페에서 차를 한잔 마신 후 출발점으로 돌아오는 코스였다. 내게는 실제 시각장애인들이 사용하는 하얀색 안내봉만 주어졌다. 그리고 아무것도 보이지 않는 공간에서 소리, 냄새, 느낌만으로 더듬더듬 찾아가야 했다. 간단한 코스를 도는 데 한 시간이나 걸렸다.

그리고 도착점에 도달하자 안내인이 말했다. 안내인 자신은 시각장애인이라고. 안내인은 특수 안경을 끼고 뭔가를 보면서 우리를 안내하고 있으리라 생각했는데 본인도 아무것도 볼 수 없는 암흑 속에서 10명 남짓의 사람을 이끌고 시커먼 전시장을 통과했던 것이다. 처음부터 볼 수 없었기 때문에 다른 사람들보다 감각이 발달했던 것이었고, 그런 어둠이 전혀 두려움의 대상이 아니었다.

나는 아무것도 없는 평평한 길을 걸으면서도 발을 두세 번씩 더듬거린 다음에야 걸음을 뗐다. 하얀 안내봉으로 땅을 몇 번이고 두드렸지만 이것이 나무 길인지 돌 길인지 알 수 없었다. 아무런 위험이 존재하지 않을 것이라 믿으면서도 한 발 한 발이 조심스러웠다. 그저 나뭇잎이 옷깃을 스쳤을 뿐인데도 화들짝 놀라기도 했다. "나뭇잎을 만져보세요." 안내인이 말하자 그제야 더듬더듬 나뭇잎을 찾아 허공 속을 휘저었다. 나뭇잎이 진짜인지 가짜인지 묻는 질문에도 대답하지 못했다. 촉각만으로는 어느 정도 촉촉함을 갖고 있는지 전혀 느낄 수 없었다. 시장에서 감자를 찾아보라고 하자 사람들은 이리저리 돌아다니며 쿵쿵 부딪히기 바빴다. "커피향이 나는 쪽으로 오세요"라는 주문에도 사람들은 우왕좌왕했다. 향이 나기는 하는데 도대체 어디서 흘러나와 어디로 흘러가는지 알 수 없었다. 졸졸졸 시냇물 소리가 나는 것도 같은데 시냇물인지 수돗물인지, 시냇물이라면 얼마나 큰지, 물이 떨어지고 있는지 흘러가고 있는지도 소리만으로는 구분되지 않았다.

어떤 느낌일까? 막연한 호기심에 시작한 일이었는데 그보다 현기증이 앞서 진짜 토할 뻔했다. 오감 중 시각 하나가 닫혔을 뿐인데, 그 또한 이 전시 체험이 끝나면 곧 괜찮아지리라는 보장이 있는데도 끊임없이 혼란스럽고 어지러웠다. 경험해보지 않고는 절대 상상할 수 없는 혼란이었다.

일반적으로 80퍼센트 이상의 정보를 시각으로 받아들인다고 한다. 그 시각이 사라지고 나니 나는 아무것도 듣지도 느끼지도 못하는 사람이 됐다. 나머지 20퍼센트의 정보를 받아들이는 시각 이외의 감각도 시각이 동반되었을 때 부수적으로 그 기능을 할 뿐 독립적으로는 아무런 판단을 하지 못했다. 나 스스로 그 판단을 믿지 못했다. 그저 눈에 보여야만 그 존재를 믿고 안심할 수 있었다.

나의 청각은 죽었다. 신체검사를 해보면 모두 정상으로 판정이 나지만 더

이상 제 기능을 하지 못했다. 아름다운 음악 소리를 들으면서도 그저 들리기만 할 뿐 아무런 감동이 없다.

나는 죽어버린 청각을 살리고 싶었다. 출근길에는 라디오를 들으면서 세상의 소리에 민감하게 반응하려 애썼다. 안방에 텔레비전이 켜져 있으면 거실에 앉아 소리만 듣기도 했다. 귀로 듣는 것만으로 어떤 상황, 어떤 모습일지 상상하는 연습을 했다. 텔레비전으로 듣는 것은 라디오로 듣는 것보다 더 어려웠다. 라디오는 기본적으로 듣는 것을 전제로 한 매체이다. 뉴스만 해도 라디오에서는 누군가의 인터뷰가 나올 때 그가 누구인지 잠깐 프로필을 말해준다. 그러나 텔레비전에서는 모두 자막처리가 되기 때문에 텔레비전을 듣는다는 것은 그런 기본 정보까지 모두 상상해내야 한다.

모든 청각적인 것들은 흘러간다. 그러기에 내가 기르고 싶은 청각은 단순히 듣고 상상하고 판단하는 것만이 아니라 일회성 정보에 민감해지는 것도 있다. 내가 공부하는 연구소에서는 일 년에 한 번씩 연수를 간다. 경치 좋고 바람좋은 곳에서 1박 2일 동안 신나게 놀다가 마지막 날 서울로 돌아오기 전 딱 10분 남짓의 시간 동안 선생님께서 강연을 하신다. 이때 선생님은 가장 풍광이좋은 곳을 선택해두었다가 그곳을 배경으로 서서 강연을 한다. 처음에는 열심히 메모를 했다. 그리고 다음에는 누군가 보이스리코더로 녹음을 하기에 그걸믿고 기록도 하지 않았다. 그런데 녹음된 소리를 들어보니 그 공간에서 들었던 선생님의 목소리가 아니었다. 내용만 남아 있고 느낌은 없었다. 선생님은 바다에서는 파도소리와 어우러져서, 산에서는 풀벌레소리와 어우러져서, 강 옆에서는 물소리와 어우러져서 전달하고 싶은 이야기를 했다. 선생님의 강연은 그

날 그 자리에서 듣고 이해해야 했던 내용이었다. 선생님의 목소리만 남아 있는 녹음 파일에서는 그 느낌을 찾을 수 없었다. 책은 지금이 아니어도 언제든 읽을 수 있다. 읽다가 다시 앞으로 돌아가 확인할 수도 있다. 그러나 귀로 듣는 선생님의 목소리는 그 시간이 아니면 들을 수 없다. 고도의 집중력을 필요로 하는 일이다.

이제 내 청각은 많이 살아났다. 지하철 2호선 역에서 전철이 플랫폼으로 들어오기 전에 내는 소리 신호도 구분할 수 있다. 띵띵띵띵띵띵 하는 외선 순환 소리와 띠르르르르릉 하는 내선 순환 소리를 구분할 수 있다. 이런 청각 정보는 결정적인 순간에 도움을 준다. 소리를 잘 구분해내지 못할 때는 반대쪽 전철이 오는 소리인데도 내가 탈 전철이 오는 줄 알고 플랫폼까지 한참을 뛰어 내려갔다. 그러면 다들 평화로운데 나 혼자만 씩씩대곤 했다. 멀리서도 소리만으로 잠실에서 강남 방향으로 가는 전철인지 잠실에서 성수 방향으로 가는 전철인지 구분할 수 있게 되면서 더 이상 그런 일은 벌어지지 않는다. 역 입구에 설치된 열차 도착 정보 전광판 때문에 되살아난 청각이 조금 무안해지긴 했지만 말이다.

가끔은 가만히 앉아 내 주변의 아주 작은 소리에 귀 기울여보기도 한다. 밥 다 됐다는 소리, 아침마다 위층 여자가 계단을 내려가는 소리, 현관문 열리는 소리, 누군가 변기 물 내리는 소리, 키보드 소리……. 이런 것들은 내가 듣는 다른 소리에 비해 크기 때문에 잘 알아들을 수 있다. 연필이 사각거리는 소리, 내 몸에 바디크림 바르는 소리, 머리 긁는 소리, 종이가 넘어가는 소리, 컴퓨터 부팅 소리, 버스에서 앞자리 사람이 일어나는 소리, 콩나물 무치는 소리,

물 따르는 소리, 찌개 끓는 소리, 김이 바스락거리는 소리, 찌개에 양념을 치는 소리, 수세미에 세재 거품 일으키는 소리, 폼클렌징 짜는 소리, 낙엽 굴러가는 소리, 카드 긁는 소리, 모기가 날아다니는 소리, 시계 초침이 돌아가는 소리, 스킨 스프레이 뿌리는 소리, 전기장판 돌아가는 소리, 마우스가 책상 위를 스치는 소리…… . 아주 멀리서부터 가까워지는 발걸음 소리를 들으면서 그 소리의 크기와 발걸음 수로 어느 집에서 사람이 나가는지를 맞히기도 한다.

언젠가 어떤 소설가가 신작을 지면이 아닌 낭독으로만 발표하고 싶다는 계획을 냈을 때 정말 멋진 아이디어라서 별 다섯 개를 쳐준 기억이 있다. 그러면 그 소설은 관객들의 기억 속에만 존재할 것이고 구전처럼 여러 형태로 돌아다닐 것이라 했다. 언젠가 이런 발표회가 있으면 입장료가 얼마든 꼭 가볼 생각이다. 원작을 들을 수 있는 기회는 그때 그 자리밖에 없을 테니까.

나는 귀를 예민하게 살려두고 귀로만 들을 수 있는 정보들을 많이 수집하며 살고 싶다. 내 청각과 촉각이 존재해야 할 구실과 기회를 자꾸자꾸 만들어야겠다. 시각의 도움 없이도 어떤 정보를 완전히 믿을 수 있을 때까지.

질문하는 방법
익히기

"주문 좀 도와주세요"

살아갈수록 모르는 일투성이다.

어른이 되면서 많은 것들을 알게 됐지만
알아야 할 것들은 더 많아졌다.
그래서 항상 아는 것보다 모르는 것이 많다.

나는 왜 어른이 될수록 작아져가는 걸까?

무지함은 지혜를 두려워한다.
우리 모두는 어둠을 두려워하지 않고 열심히 배우는 아이가 되고,
지혜로운 성인이 되는 법을 배워야 한다.
그럴 때 우리는 영원한 젊음을 간직한 채 진정으로 성숙할 것이다.

마리아 델 발레

버스를 타고 친구를 만나러 가는 길이었다. 라디오에서는 웃음이 묻어나는 사연을 읽어주고 있었다. 어떤 할아버지가 동네 난센스퀴즈에 도전했던 이야기였다. 문제는 "아몬드가 죽으면 무엇이 될까요?"였고 할아버지는 "다이아몬드"라고 맞혀서 퀴즈왕이 됐다.

라디오 DJ가 사연을 다 읽자 버스 승객들이 큭큭 웃었다. 옆에 앉은 아저씨가 갑자기 "그런데 아까 아몬드가 죽으면 뭐가 된다고 했어요?" 하고 물었다. 나는 "다이아몬드요"라고 웃으며 대답했다. "그게 왜요? 왜 웃겨요?" 아저씨는 이해하지 못했다. 나는 잠시 멈칫거리다가 아저씨가 영어를 잘 몰라서 그런다는 사실을 알아차렸다. "영어로 '죽다'가 '다이(die)'예요. 그래서 아몬드가 죽으면 '죽다 아몬드', 즉 '다이아몬드'가 되는 거죠." 이 세상에서 유머를 설명하는 것이 가장 유치하고 슬픈 일이라는 것을 알지만 차근히 설명했다. 아저씨는 그제야 박장대소하면서 한 박자 늦게 웃음을 터뜨렸다. 그런데 내게 그렇게 묻는 아저씨의 모습이 낯설게 느껴졌다. 자신이 모른다는 것을 인정하고 어쩌면 모르는 것이 당연하다고 생각하면서 누군가에게 모르는 것을 물어보는 장면이 참 오랜만인 것 같았다.

언제부터인가 모든 것을 아는 척하는 습관을 갖게 됐다. 정확히는 내가 모른다는 티를 안 내기 위해 안간힘을 쓴다는 말이 더 맞을 것 같다. 다른 사람들이 다 아는 유행어를 모르는 것이 잘못도 아닌데 왜 그렇게 부끄러웠는지 모르겠다. 무슨 얘기인지 잘 알아듣지 못할 때도 사람들이 웃으면 일단 따라 웃었다. 그러다가 옆 사람이 "다들 왜 웃는 거예요?"라고 물으면 "저도 몰라요"라고 대답하면서 얼굴을 붉힐 때도 있었다. 그렇게 따라 웃지 않으면 나만 뒤처지고 다른 세상에 사는 것 같아 불안했다. 그러니 그저 모르는 티 안 내고 모든 것을 알아듣는 척하는 수밖에.

단순히 대화나 유머에서만 그런 것이 아니다. 간단한 생활 도구나 낯선 기계 앞에서 쩔쩔매면서도 티를 내지 않기 위해 안간힘을 쓴다. 오래전 처음으로 혼자 비행기를 타고 서울로 오던 날 비행기가 이륙 준비를 위해 기내 전등을 모두 껐다. 그러자 옆자리에 앉아 있던 사람이 머리 위의 전등을 따로 켜고 신문을 펼쳐 보는 것이 아닌가. 책을 읽고 싶었던 나도 자리에서 일어나 전등을 눌러보고 돌려봤지만 불이 켜지지 않았다. 좌석 옆의 전등 모양 버튼만 살짝 누르면 될 일을 두고 낑낑거렸다. 어쨌거나 괜히 일어나서 꼬물거린 것이 미안하기도 하고, 결국 전등을 켜지 못한 것이 민망하기도 해서 그냥 전등 따위에는 관심 없는 척, 자는 척 서울까지 왔다.

둘러보니 많은 사람들이 이렇게 작은 일에 무릎을 꿇었다. 누구나 처음 하는 일들 앞에는 당황하고 헤맨다. 손을 갖다대면 자동으로 물이 나오는 센서 수도꼭지 앞에서 이걸 어떻게 해야 물이 나오는지 몰라 손을 씻지 않고 그냥 나가는 아주머니를 봤다. 손을 닦을 때도 버튼을 눌러야 한 사람이 쓸 만큼의 종이타월이 나오는데 그냥 막무가내 힘으로 잡아당기는 아가씨도 봤다. 강남대로의 중앙차선 버스정류장에서 버스 기사에게 광화문까지 가냐고 묻고는 반대쪽 차선에서 타라는 대답에 반대쪽 차선이 어느 쪽인지 몰라 헤매는 군인도 봤다. 그러면서도 그들은 누구에게 묻지도 못하고 그저 자신이 알지 못하는 것에 화를 내거나 아예 관심이 없는 척했다. 마치 자신이 모른다고 인정하는 것이 무척 자존심 상하는 일인 듯이 얼굴이 굳은 채.

우리는 무언가를 모를 때 모른다는 사실보다는 다른 사람들이 내가 모르고 있다는 것을 알아차릴까 봐 더 두려워한다. 메신저 대화를 하다가도 모르는 단어가 나오면 "그게 무슨 뜻이야?"라고 묻기보다는 그냥 빠르게 인터넷 검색을 해서 대충 말뜻을 알아차리고 친구의 이야기에 응답하는 것이 훨씬 현명한 것이라 생각한다. '지식인'에 물어보는 것은 괜찮지만 옆자리 동료에게 물어보는 것에는 알지 못할 부끄러움을 느끼면서.

흔히 어른이 되면 호기심이 사라진다고 한다. 그러나 어른이 된다고 해서 세상에 대해 모든 것을 알게 되거나 궁금증이 사라지는 것은 아니다. 물어볼 곳을 잃어버려 마음속에서 일어나는 물음들을 계속 접어두다 보니 잘 알아차리지 못할 뿐이다.

어른들도 매일 궁금하고 알고 싶은 것들이 많다. 커피를 주문할 때는 여러 종류의 커피가 어떤 맛을 내는지, 그중 어떤 것을 마셔야 하는지 고민하기도 하고, 비데를 처음 사용할 때는 어쩔 줄 몰라 쩔쩔매기도 하고, 레스토랑에서 코스 요리를 먹을 때는 포크와 나이프를 어떤 순서로 써야 하는지 궁금하기도 하고, 혈압을 재는 기계 앞에서는 팔을 안쪽으로 넣어야 하는지 바깥쪽으로 넣어야 하는지 헷갈리기도 한다. 그러나 언제부터인가 이런 것들을 물어볼 수 없게 되었다. 왠지 내가 모자라는 것처럼 느껴졌기 때문이다. 마치 모든 것을 알고 있는 것처럼 행동해야 할 것 같았다. 그렇게 누군가에게 묻기만 하면 아주 쉽게 해결될 문제들도 자신이 모른다는 사실을 숨기고 끝까지 모른 채 지내기도 한다.

나는 조금씩이라도 마음속에서 일어나는 질문들을 꺼내보기로 했다. 식당에서 주문할 때 메뉴판에 있는 여러 가지를 묻는 것부터 시작했다. 메뉴판에는 알 수 없는 것들이 많았지만 그냥 대충 시켜 먹었다. 그러다 보니 마주 앉은 사람이 예전에 먹었던 음식을 먹거나 내가 먹었던 음식을 반복해서 먹을 수밖에 없었다. 하지만 이제 나는 "주문할게요" 대신 "주문 좀 도와주세요"라고 말한다. 내가 알아서 모든 것을 할 수 없으니 당신의 도움이 필요하다는 신호를 보내는 것이다.

메뉴판에 있는 음식이나 재료에 대해 물어보면 훨씬 많은 것들을 알 수 있다. 오늘의 와인에 대해서 물었을 뿐인데 자신의 식당이나 음식에 대해 대단한 자부심을 갖고 있는 매니저는 묻지도 않은 와인의 역사에서부터 시작해서 오늘의 와인을 선택하기까지의 사연을 읊어주기도 했다. 코스 요리에서 샐러드가 가장 먼저 나오지 않고 파스타 다음에 나오는 이유를 물으면 샐러드 소스에서부터 시작해서 스테이크 전에 샐러드를 먹는 이유까지 코스 요리의 순서와 주요 재료에 대해서 설명해주기도 한다.

내가 식당에서 질문을 하는 이유는 단순히 와인이나 스파게티의 종류를 알기 위한 것이 아니다. 나 스스로 모를 수도 있다는 사실을 연습해두는 것이다. 이렇게 연습하다 보면 내가 모르는 어떤 문제 앞에 섰을 때 용기를 내어 다른 사람들에게 물어볼 수 있다.

우리가 질문을 하는 데는 두 가지 동기가 있다. 성장 동기와 미흡 보완의 동기이다.

어린아이들이 끊임없이 질문하는 것은 성장 동기가 있기 때문이다. 어렸을 때는 질문이 많다. "이건 뭐예요?"부터 시작된 질문은 한마디 한마디마다 끊임없이 붙는 "왜? 왜? 왜 그런 거예요?"라는 질문으로 커져서 어른들을 귀찮게 한다. 어린아이들이 뭔가를 물어보면 어른들은 친절하게 설명해준다. '그래. 그 나이에는 모르는 게 당연하지. 궁금한 게 당연하지.' 생각하면서. 그래서 어린 시절에는 질문을 하면서 부끄러움이나 수치심을 느끼지 않아도 됐다.

그런데 어느 순간 무언가를 모르거나 질문을 하는 것은 내가 부족해서라고 생각하게 됐다. 질문을 하는 것은 미흡 보완의 동기에서라고 여기게 됐다. 우리는 어른이 되면 모든 것을 짠 하고 알게 된다고 생각하나 보다. 혹은 최소한 혼자서 궁금증을 해결하는 능력을 갖춰야 한다고 생각한다. 나만 모르고 있다는 착각이 우리를 더욱 움츠러들게 한다. 그래서 언제부터인가 무언가를 모른다는 것은 부족한 것으로 여겨져서 부끄럽고 창피한 일이 됐다. 그러면서 그 누구에게도 질문을 할 수 없게 됐다.

언젠가 회의시간에 한 동료가 어떤 단어에 대해서 물었다. 옆에 앉은 동료는 "정말 모르세요? 그거 정말 몰라요?"라면서 마치 그 단어를 모르는 것이 큰 잘못이라도 되는 것처럼 몰아세웠다. 뿐만 아니라 둘러앉은 모든 사람들에게 "이거 알죠? 알죠? 알죠?"라고 돌아가며 묻고는 확인 사살까지 했다. 그러니까 여기서 그걸 모르는 사람은 당신뿐이니 당신은 뭔가 모자란 사람이고, 뭔가를 잘못하고 있다는 것을 그 자리에서 가슴에 못이 박이도록 알려주는 것이었다. 이런 경험을 한 번 하면 다시는 어떤 질문도 꺼내놓을 수 없게 된다. 이런 것들 하나하나가 우리가 궁금증을 꺼내놓을 수 없게 하는 안타까운 사건들이다.

살다 보면 모두가 당연히 알고 있을 것이라고 생각하는 일을 나만 모르고

있을 때도 있다. 제대로 알지도 못하는 일을 아는 척하느라 얼마나 힘들었을까. 모른다는 사실이 부끄러워서 다른 사람들에게 묻지도 못하고 그렇게 앞으로도 계속 모르고 살아야 하는 일들은 얼마나 많을까. 어른이라고 모든 일을 아는 것도 아닌데. 어른이라도 모르는 일이 많은데. 오히려 모르는 것이 더 많아지기도 하는데.

내게 남아 있는 질문하는 능력이 완전히 사라지기 전에 다시 살려놓아야겠다. 눈, 코, 입, 귀에 물음표를 쾅쾅쾅 찍고 보는 것마다 신기하고 궁금증으로 가득 찬 사람이 되고 싶다. 내 무지함이, 부족함이 티 나는 것을 두려워하지 않겠다. 그것만이 새로운 것들을 배울 수 있는 방법이라는 것을 잘 알기에. 누군가에게 무언가를 물어본 사람으로서 그것이 얼마나 힘든 일인지 알지만, 그것이 또 얼마나 많은 것들을 알려주는지도 잘 알기에.

무료한 시간
즐기기

철학 책

토요일 하루를 책 읽기로 가득 채운다.

책 읽다가 졸리면 자고
자다가 깨면 또 읽고
그렇게 아무것도 하지 않은 채
나를 놓아둔 하루.

최고의 휴식이었어!

 백수의 하루는 무료하다. 늦게까지 일어나지 않아도 출근 시간이라며 깨우는 사람이 없다. 급하게 준비하고 나갈 곳도 없으니 밥을 먼저 먹든 세수를 먼저 하든 아무 상관이 없다. 취업 사이트에 들어가 보지만 오늘 새벽 2시까지 보고 잤으니 그새 새로 업데이트된 구인 정보가 있을 리 없다. 마땅히 할 만한 운동도 없으니 동네나 한 바퀴 돌아야지 하며 집을 나선다. 따뜻한 햇살에 취해서 동네 슈퍼 앞 플라스틱 의자에 주저앉는다. 평일에는 지나가는 사람도 많지 않다. 조용한 그림 속에 혼자 살아 있는 생물체처럼 움직이는 것 같다.

산사에서의 하루는 지루하다. 이쪽 산에서 저쪽 산으로 넘어가는 구름이 하루 동안 내가 볼 수 있는 전부이다. 간간이 불어오는 바람에 풍경 소리만이 고요를 깬다. 하루 동안 내가 할 일은 마당을 쓰는 것과 스님이 쓸 먹을 가는 것뿐이다.

은퇴자의 하루는 권태롭다. 아침 일찍 일어나 세수하고 고운 옷을 챙겨 입었지만 갈 곳이 없다. 외출복을 입고 소파에 앉아 낚시, 바둑, 낚시, 바둑…… 두 채널을 돌아가며 본다. 점심때쯤에는 누군가 불러주길 바라지만 휴대전화는 조용하다. 다시 퇴근 시간까지 기다려보지만 여전히 아무도 불러주질 않는다. 이런 기다림에 지쳐서 아침에 옷을 챙겨 입는 일도 그만두게 될지 모른다. 조만간 나 자신을 꾸미는 일도 포기하게 될 것이다.

이에 비하면 대부분 직장인의 하루는 버라이어티하고 정신없이 바쁘다. 매일 아침 출근 전쟁에서 살아남아 겨우 회사에 도착하면 의자에 앉기도 전부터 전화가 쏟아진다. 새로운 제안서도 써야 하고, 끝난 프로젝트에 대한 보고서도 작성하고, 회의도 진행해야 한다. 그러는 중간 중간 메일과 메신저는 수시로 쏟아진다. 오늘은 친구들과의 약속 때문에 칼퇴근을 해야 하니 더욱 속도를 낸다.

언제나 그렇듯 친구들과의 술자리는 저녁 늦게까지 이어진다. 내일 출근이 걱정되기는 하지만 술자리에서 먼저 일어나는 것은 왠지 찝찝하기에 끝까지 남는다. 술집에서 노래방, 그리고 다시 술집으로 이어지는 순례는 계속된다. 그렇게 감자탕 해장까지 하고서야 이른 새벽에 귀가를 하고, 드디어 하루를 마무리한다. 하루 종일 턱밑까지 차오르는 긴장감과 정신없음이 숨 쉴 틈을 주지 않는다.

흔히 무료함, 지루함, 권태는 백수나 은퇴자에게나 찾아오는 것이라 생각한다. 월화수목금토일이 구분이 안 되고, 날짜 감각도 없고, 할 일이 없어 더욱 게을러지는 사람들의 특징이라고만 생각한다. 외부로부터 오는 어떤 즐거움도 없고, 무엇을 할지 정해진 일도 없는 사람들만 느끼는 것이라 믿는다. 그러니 매일매일이 바쁘고 언제든 할 일이 쌓여 있는 직장인들의 일상에는 허무함이나 무료함 따위는 끼어들 틈이 없어 보인다.

그러나 실제는 다르다. 요즘 나는 지루하고 답답하다. 대부분의 직장인들은 무료함과 권태를 느낀다. 항상 바쁘게 뭔가를 하고 있지만 알지 못할 무기력과 가끔 찾아오는 "내가 지금 뭘 하고 있지?"라는 난데없는 방황, "나는 어디를 향해 달려가고 있는가?" 하는 허무와 만성권태에 시달린다. 시골 마을에서 아무것도 하지 않고 1박을 보내는 것보다 더 짜증스러운 무료함을 매일매일의 일상에서 느낀다. 어느 날 문득 "이렇게 할 일 많고 바쁜데 나는 왜 매일매일이 지루할까?"라는 물음이 찾아왔다.

역설적이게도 자극이 너무 많아서 권태로운 것이다. 우리는 매일의 스트레스를 견뎌내다 보니 웬만한 자극에는 반응할 수 없는 상태가 됐다. 매운 것을 즐겨 먹는 사람은 매운 맛을 견디는 강도가 점점 강해진다. 그래서 나중에는 다른 사람들은 입도 못 댈 만큼 매운 음식도 아무렇지 않게 먹을 수 있게 되는 것이다.

우리는 자극의 홍수 속에 살고 있다. 회사에서는 말 그대로 피 튀기는 전쟁을 한다. 동료들과의 경쟁과 상사의 고함을 견뎌내야 한다. 비슷한 상태의

스트레스와 강한 자극이 반복해서 주어지다 보니 이젠 웬만한 충격에는 움찔거리지도 않는다. '사회생활에 적응하는 것이다,' '어른이 되어가는 것이다,' '맷집이 생기는 것이다' 라는 말로 자기 합리화를 한다. 점점 강해지는 자신을 자랑스럽게 생각하고 더욱 강한 스트레스를 견뎌야 한다고 믿는다.

게다가 회사 일이 힘들수록 여가 생활은 점점 더 과격해지고 자극적으로 바뀌어간다. 우리를 웃기기 위해 준비된 다양한 쇼프로그램은 회사에서 받는 스트레스보다 좀 더 자극적이어야 한다. 점점 더 독한 술을 찾아 필름이 끊길 때까지 마셔야 스트레스가 풀리는 것 같다. 직장 상사의 목소리보다 더 큰 노랫소리를 들어야 하고, 동료들의 손가락질보다 더 격렬히 몸을 흔들어야 한다. 내내 시달리고 끊임없이 공격을 받은 우리가 즐거움을 느끼기 위해서는 그보다 더 큰 자극이 주어져야 했다.

무조건 '강하게 강하게, 어떤 일이 있어도 꿈쩍하지 말고' 를 모토로 살았다. 나는 원하는 대로 강한 사람이 되었다. 그러나 아무것에도 반응하지 않는 사람이 되었다. 언젠가 그 어떤 개그 프로그램도 재미없어하는 나를 보면서 깜짝 놀란 적이 있다. 그런데 자세히 들여다보니 나는 웃기는 일뿐만 아니라 감동적이거나 슬픈 일에도 거의 반응하지 않았다. 그저 그런 상태로 무덤덤한 사람이 되어가고 있었다.

업무상의 스트레스와 여가 생활의 자극을 더 이상 경쟁적으로 늘려가지 않기로 했다. 화나고 짜증나는 일보다 더 즐거운 일을 찾아야 한다는 생각을 버렸다. 여가 생활에서까지 더 큰 자극을 찾아다니는 것은 오히려 더 많은 감정 소모를 요구하는 일임을 이젠 알겠다. 내게는 즐거움이 아니라 어떤 것도 느껴지지 않는 진짜 무료함과 지루함이 필요했다. 아무것도 하지 않고 시간을 보낼 수 있는 힘, 지루함을 느껴보고 작은 자극에도 반응할 수 있는 힘, 내게는 그것이 필요했다.

나는 철학책 한 권을 정해 천천히 읽어나간다. 언제까지 꼭 읽어내야 한다는 압박감도 없고 거기서 무언가를 얻어내겠다는 굳은 결심도 없다. 게다가 반 이상이 무슨 말인지 알아듣지 못한다. 읽다가 꾸벅꾸벅 졸 정도의 지루함과 무료함이 몰아쳐온다. 그러면 나는 그것을 즐긴다. 강한 자극 때문에 피곤함에 찌들어 잠드는 것보다 지루함에 곯아떨어지는 쪽이 훨씬 낫다. 이것은 나의 자극 반응 한계를 원점으로 돌려놓는 일이다. 자극이 너무 많아 오히려 지루하고 아무것도 느끼지 못하는 내게 휴식을 주는 것이다. 그 책을 들고 아무것도 하지 않는 무자극 상태를 즐기는 것이다. 지루함의 즐거움을 철학책을 읽으면서 배운다.

자극에 반응하지 못하는 것은 위험하다. 누군가 진심으로 충고를 해주더라도 반성하지 못하고 작은 일에 감동하지도 못하는 상태에 이른다. 이건 생각보다 심각한 문제이다. 회사일이 견디지 못할 만큼 힘든데도 힘들다고 느끼지 못한다. 조금씩 조금씩 찢어지던 근육의 통증을 참고 달리다가 아예 쓸 수 없는 지경에 이르게 된다. 이쯤 되면 감정이 메말라간다는 말로 상황을 쉽게 표현해버리고 만다.

나를 좀 살살 다뤄야 한다. 우리는 가끔 지루함 주사를 맞아야 한다. 무한 자극에 노출되어 있는 나를 더욱 힘들게 해서는 안 된다. 심심해서 미칠 지경인 것들로 나를 진정시켜놓아야 작은 즐거움에도 크게 반응할 수 있다는 것을 깨달았다. 내게 가해지는 자극이 더 이상 커지지 않도록 멈춰 서야 한다.

　우리의 휴식은 자극에서 벗어나도록 돕는 것이어야 한다. 힘든 일보다 더 즐거운 일이 있어야만 휴식을 취할 수 있는 것이 아니다. 오히려 아무것도 없는 상태가 우리를 더 안정적인 상태로 돌려놓는다. 친구들과 필름이 끊기도록 술을 마시며 상사 욕을 하는 것보다 혼자 가만히 앉아서 생각하는 것이 나를 더 평화롭게 한다는 사실을 누구나 한 번쯤은 느껴 보았을 것이다. 높은 빌딩의 멋진 야경도 좋지만 조용한 시골 마을의 고요함이 더 그리운 날도 있다.

　더 이상 불안한 열정에 날뛰는 하루를 살지는 않겠다. 화가 나는 일이 있으면 불끈하기도 하고, 힘든 일이 있으면 힘들다고 느낄 수 있는 사람이 되고 싶다. 또 즐거운 일이 있으면 기꺼이 기뻐하고, 감동적인 일에는 눈물도 흘리고 싶다. 그런 일들에 모두 무감각해져서 더 이상 아무것도 느낄 수 없는 사람이 되도록 나를 놓아두지는 않겠다. 업무상의 스트레스와 여가 시간의 자극을 경쟁하듯이 늘려가지 말아야지. 너무도 연약하고 지친 나를 진짜 할 일 없음의 무료함으로 잘 보듬어줘야겠다.

PLAY!
3

나만의 WOW
표현법

꺄악!

난 가끔 거짓말을 한다.
내 안의 것들을 잘 알지 못해서
속마음과 다른 이야기를 하곤 한다.

좀 더 솔직한 내가 되고 싶다.
내 안의 것들을 정확히 느끼고 정확히 표현하고 싶다.

내 인생의 볼륨이 이토록이나 빈약하다는 사실에 대해 나는 어쩔 수 없이 절망한다. 솔직히 말해서 내가 요즘 들어 가장 많이 우울해하는 것은 내 인생에 양감이 없다는 것이다. 내 삶의 부피는 너무 얇다. 겨자씨 한 알 심을 만한 깊이도 없다. 이렇게 살아도 되는 것일까.

양귀자, 《모순》

배가 아프다고 했더니 엄마가 되물었다. "배가 어떻게 아픈데? 커싱커싱 아프냐? 쑤앙쑤앙 아프냐?" 엥? 커싱커싱은 뭐고, 쑤앙쑤앙은 뭐지? 처음 듣는 단어에 당황했다. 그러다가 아픈 배를 움켜잡고 박장대소했다. 무슨 뜻인지 모르지만 어떤 느낌인지는 알 것 같았기 때문이다. 커싱커싱이 뭔가 회충 같은 것이 뱃속의 장기를 쿡쿡 찌르는 느낌이라면 쑤앙쑤앙은 은근히 슬슬 아프면서 소화가 안 되고 속이 좋지 않은 느낌이라는 것을 단어의 느낌에서 알 수 있었다. 배가 아프면 아팠지 어떻게 아픈지, 그 상태를 어떻게 표현해야 하는지 한 번도 생각하지 못했다. 이렇게 창의적인 나만의 표현법을 생각하지 못한 것이다.

그냥 웃고 넘겼던 그 일이 현실적인 문제로 다가왔다. 예능 프로그램에서 유명한 아이돌 가수가 13년 전 자신에게 가수의 꿈을 키워준 유명 가수와 듀엣으로 노래하는 장면이 나왔다. 아이돌 가수는 피아노를 쳤고 그의 우상이었던 가수는 그 반주에 맞춰 노래를 불렀다. 그 소녀에게는 감히 상상도 할 수 없었던 꿈같은 일이 벌어진 것이다. 오랫동안 그 노래를 부르며 꿈을 키웠을 시간에 공감이 되기도 하고, 그 꿈을 꾸게 해준 사람과 한 무대에 서게 된 감동도 전달되어 마음이 짠해졌다. 노래가 끝나고 사회자가 물었다. "지금 기분이 어떻습니까?" 그 아이돌 가수는 피아노 악보를 가슴에 껴안은 채 허리를 숙여 "아악!" 하고 있는 힘껏 소리쳤다. 그리고 고개를 들고 활짝 웃었다. 스튜디오에 있던 사람들은 모두 놀라는 표정을 지었지만 난 그때 그 표현 방식이 너무 부러웠다. 말로 표현할 수 없는 기쁨이 고스란히 느껴졌기 때문이다.

내가 만약 그 상황이었다면 어떻게 표현했을까? "너무 기쁘네요. 최고예요." 혹은 이도 저도 아니고 "정말 좋네요"라고 진부하게 표현했을 것이다. 나는 그 이상 나의 감정을 표현하는 방법을 모른다. 정확히는 그런 감정을 '느낄 줄 모른다'. 30년 넘게 기쁘고 좋은 일도 많았을 텐데 내가 느껴본 감정의 깊이는 너무도 빈약했다.

항상 무언가를 느끼기에 앞서 표현하려고 했다. 내 마음속에 기쁨이나 즐거움, 슬픔이나 분노가 찾아올 때면 사람들에게 표현할 수 있는 언어로 정리하고 느끼려고 했다. 그러다 보니 내 감정은 내가 이성적으로 알고 있는 한계를 넘어서지 못했다. 완전히 새로운 감동이 찾아와도 그걸 있는 그대로 느끼지 못하고 내가 알고 있는 감정의 범위 내에서만 느끼고 즐겼다.

나의 기쁜 자세는 어떤 포즈일까? 내 마음을 몽땅 울려주는 감동이 찾아온 순간 나는 어떤 느낌이었을까? 대학에 합격했을 때 나는 어떤 느낌이었지? 가고 싶었던 회사에 합격했다는 소식을 들었을 때는? 친구의 결혼식 날에는? 프로젝트가 성공적으로 끝났을 때는? 엄마가 병원에서 퇴원하던 날에는? 혼자서 여행을 떠날 때는? 내가 입은 원피스를 사람들이 예쁘다고 말해줬을 때는? 오랜만에 집에 가던 날에는? 모두 같은 느낌이었을까? 그냥 좋기만 했던 걸까? 이중 어떤 것이 가장 기뻤을까? 끊임없이 질문이 쏟아져 나왔다.

기쁜 일이 찾아오면 그 순간을 온전히 느껴보기로 했다. 내 첫 책 《혼자놀기》가 나왔을 때 그 순간의 벅차오름을 느끼고 싶었다. 혼자 방에 앉아 내게 찾아온 기쁨의 상태를 느꼈다. 느껴지는 기쁨 그대로를 느껴봤다. 내게 처음 터져 나온 소리는 '꺄악!'이었다. 사람들에게 표현하기 위한 것이 아니라 온몸으로 먼저 느껴서 나온 소리였다.

사람들에게 내 기쁨의 상태를 전달하기 위해서라면 나는 '꺄악!' 이 아닌 '올레'를 외쳤을지도 모른다. 그래야 사람들이 더 잘 알아들을 수 있을 테니까. 그리고 그것 그대로가 내 느낌이라고 믿었을 것이다. 기쁜 순간 겉으로 '와우'나 '올레'를 외치는 이유는 '나 지금 기뻐요'라는 사실을 사람들에게 알리기 위한 것이다. 최대한 사람들이 알아들을 수 있는 언어로 표현해야 하기에 선택된 단어일 뿐이지 진짜 내 느낌은 아니다. 올레는 하나도 기쁘지 않다. 내가 최고로 기쁠 때는 '꺄악!' 이 깊숙이에서 터져 나왔다.

기분이 좋은 것도 여러 가지로 표현할 수 있다. 행복하다, 기쁘다, 즐겁다, 반갑다, 만족스럽다, 자랑스럽다, 편안하다, 황홀하다, 환상적이다, 홀가분하다, 후련하다, 흐뭇하다, 유쾌하다, 상큼하다, 신난다, 자유롭다, 시원하다, 개운하다, 평화롭다, 따뜻하다, 포근하다, 뿌듯하다, 감미롭다, 훈훈하다, 가슴 벅차다, 정겹다, 감격스럽다, 안심된다, 뭉클하다, 설렌다, 짜릿하다, 괜찮다, 아늑하다, 산뜻하다, 친숙하다, 소박하다, 최고이다……. 누구나 살아가면서 한 번씩은 느껴봤음 직한 감정들이다. 이런 것들을 정확히 아는 것은 중요하지 않다. 어차피 모든 사람들이 객관적으로 감정을 표현하는 것은 불가능하다. 누군가는 시원하지만 누군가에게는 개운할 수도 있다.

중요한 것은 내 안에서 저런 감정들을 느낄 수 있는가이다. 분명 친구를 만나서 반가운 것과 이루고 싶었던 것을 이루었을 때의 뿌듯함, 높은 산을 올랐을 때의 상쾌함과 아슬아슬한 경기를 보는 짜릿함은 그 종류가 다르다. 결말이 애매한 영화를 봤을 때의 찝찝함과 맘에 안 드는 사람과 저녁을 먹을 때의 불쾌함, 아이가 아팠을 때의 불안함과 내가 아플 때의 불편함은 그 종류가 다르다. 그러나 나는 그동안 그냥 '좋다', '싫다'로만 표현을 한 건 아닌지 생각해본다. 그렇게 표현하는 데 집중하다 보니 좋고 싫은 감정 외에는 아무것도 느끼지 못했던 것 같다.

좋은 것도 여러 가지일 테고 단계마다 느낌도 다르지만 자신의 감정들을 잘 들여다보지 않고는 그게 어떤 건지 제대로 느끼지 못한다. 자신의 감정을 잘 알지 못하면 그저 '좋아'와 '싫어'의 이분법으로 의사만 표현한다. 의사인지 감정인지 모를 저 표현이 그 사람의 상태를 말하기 위한 모든 것이 된다. 마치 어린아이가 울음으로 모든 것을 표현하듯이 뭉뚱그려서 표현된다. 어떤 건지 제대로 느끼지 못하기에 표현하지 못하는 것과 비슷한 감정 분화 상태인 것이다.

우리는 느끼는 만큼밖에 표현하지 못한다. 감정은 느끼는 것이지 표현하는 것이 아니다. 그런데 그 느낌이란 것은 순식간에 우리를 통과해서 사라진다. 그 때문에 마음속에 정체 모를 울림이 찾아올 때는 놓치지 말고 있는 그대로 느껴야 한다. 찰나의 순간 우리를 스쳐가는 것들이기 때문에 적당한 표현을 찾는 동안 그것은 사라져버릴지도 모른다. 이성적으로 재고, 생각하고, 판단해서 느끼는 것이 아니라 일단 느끼고 그다음에 느낌의 정체든 표현이든 찾아야 한다. 이런 감정 표현은 어느 날 아침 짠 하고 알 수 있는 것이 아니다. 자신의 감정을 잘 들여다보고 단계와 표현을 하나씩 늘려가야 한다. 그래야 내 느낌과 감정들은 풍부해진다.

모두가 쓰는 표현을 쓰지 않아도 된다. 그저 내가 느끼는 그대로를 말해도 충분히 느낌은 전달된다. 레모나 한 통을 한꺼번에 먹은 느낌, 우주 끝까지 다

녀온 느낌, 100만 년 만에 보는 것 같은 느낌, 삶은 계란 100판을 물 없이 먹은 느낌, 똥 싸다가 끊고 나온 느낌이라는 표현은 한 번도 경험해보지 못했던 감정을 느끼고 이를 나타내다 보니 나온 재미있는 표현들이다. 먼저 느꼈기에 표현이 가능했던 과장된 표현들이다.

언젠가 내 친구가 나더러 너무 솔직하다는 이야기를 했다. 비밀이 없다거나 무례하게 하고 싶은 말을 모두 한다는 것이 아니라 내 상태를 정확히 표현한다는 것이다. 자신은 좋은 건 그냥 좋은 것, 싫은 건 그냥 싫은 것인데 나는 어떻게 좋은지 어떻게 싫은지 정확히 알아들을 수 있게 표현한다는 것이었다. 실제로 내가 그런지는 잘 모르겠지만 그렇게 되기 위해 노력한다는 말은 정확히 맞다. 그리고 그런 노력이 조금은 인정을 받는 것 같아 뿌듯했다. 어떤 식으로든 내 느낌이 정확히 전달되고 내가 하고 싶은 말을 상대방이 잘 알아들을 수 있다는 것은 기분 좋은 일이니까.

그 사람이 얼마나 다양한 감정을 갖고 있는지는 삶의 질을 판단하는 기준이 된다. 다양한 느낌을 갖고 있다는 것은 자신에게 벌어진 일들을 온전히 느낄 수 있을 정도로 성숙했다는 증거이기 때문이다. 그저 좋고 기쁜 것이 아니라 어떻게 좋고 기쁜지를 정확히 느낄 수 있어야만 진지하게 자신을 들여다보고 자신을 표현할 수 있다. 그러기 위해서는 긴 시간 동안 느끼고 매번 새롭게 깨달아야 한다.

내 경험의 깊이만큼 다양한 감동과 느낌이 살아 있으면 좋겠다. 내가 살아가는 시간만큼 다채로운 감정들이 내 안에 자리 잡기를 바란다. 깊게 느끼고 자유롭게 생각하는 사람이 되고 싶다.

가끔은
나의 시선이 아닌
다른 사람의 시선으로
나를 물끄러미 바라본다.

그리고
내가 알지 못했던
또 다른 나를 만난다.

다른 사람이
기억하는 나

키워드 설문

"언니, 여전히 양말은 안 신고 다니네. 안 추워?" 카페에 앉아 있는데 지나가던 아줌마가 카페 안으로 들어오면서 어떤 손님에게 말했다. 동네 카페라는 것이 그렇듯이 한 사람이 앉아 있으면 지나가던 사람이 들어와서 말도 걸고 커피도 같이 마신다. 이야기를 들어보니 몇 달 전에 문화센터에서 같이 강좌를 들었던 사이 같다. 만나려고 약속을 한 것이 아닌데도 둘은 오랫동안 마주 앉아 이야기했다. 더 이상 그들의 이야기를 듣지는 않았다. 다만 나중에 들어온 여자가 했던 양말 이야기만 기억 속을 맴맴 돌았다. 2~3개월 정도 스쳤을 사람에게 이 언니는 '양말 안 신는 사람'으로 기억되고 있구나. 나는 사람들에게 어떤 모습으로 기억되고 있을까? 오랜만에 만난 사람들은 나의 무엇을 가장 먼저 볼까? '여전하구나'라고 느낄 만큼 내가 반복했던 일들은 어떤 것이 있을까?

가끔은 이럴 때도 있다. 회사 친구랑 마주 앉아서 얘기하다가 예전에 같이 일했던 다른 팀 사람 누군가를 기억해내고 싶어 하는데 이름이 도저히 떠오르지 않는다. 그래서 나는 친구가 그 사람의 이름을 생각해낼 수 있게 특징을 이야기해준다. 마주 앉은 친구가 "응응, 알 것 같아"라고 맞장구쳐줄 만한 그 사람의 특징들. 다른 사람들은 나를 어떤 특징으로 설명할까? 스피드퀴즈에 내 이름이 올라왔을 때 사람들은 어떤 말들로 나를 설명할까? 대답하는 사람은 그 설명을 듣고 나를 알아맞힐 수 있을까?

누구나 자신의 모습이 다른 사람에게 어떻게 보여지는지 궁금해한다. 그러나 이런 얘기를 듣는 것은 쉽지 않다. 대부분 내가 없는 자리에서 이야기하기 때문이다. 어쩌다 친구가 내 앞에서 나의 특징이나 습관에 대해 얘기해주더라도 귀를 열고 마음을 열고 집중해서 듣기는 어렵다. 내게는 너무 자연스럽고 흔한 일이라 "원래 그래"라면서 주의를 기울이지 않고 그냥 넘어가버린다. 혹은 내가 생각한 모습과 다를 때면 "내가 언제?"라고 반문하면서 그건 내 모습이 아니라고 부정해버린다. 그래서 어느 날 갑자기 '다른 사람들은 나를 어떻게 보고 있을까?' 라는 물음이 떠올랐을 때 다른 사람들이 기억하는 내 모습을 생각해내기 어렵다.

생각난 김에 예전에 누군가 했던 키워드 문자 설문을 해봤다. 방법은 간단하다. 내 휴대전화 주소록에 전화번호가 저장된 사람들 중 나에 대해 말해줄 수 있을 것 같은 사람들을 골라 문자를 보냈다. "강미영 하면 떠오르는 단어를 세 개씩 적어서 회신 부탁드려요." 그리고 답장이 도착하는 동안 나도 내가 생각하는 나에 대해 적었다. 언젠가 사람들이 했던 말들을 꺼내어 이래저래 내 이미지를 조합해봤다. 예상 답변을 써보는 것이다.

사람들의 답장이 줄줄 도착했다. 빨강머리 앤, 참새, 자유, 모험, 상큼, 굿 라이프, 책 추천, 단발머리, 여행하는 나무, 톡톡, 제주도, 감기, 눈웃음, 성석제, 엉뚱 발랄, 삼겹살, 채팅, 아톰머리, 사천성, 포장마차 홍합탕, 보조개, 아이스 바닐라 라떼, 등 쿠션, 에너자이저, 힘찬 발걸음, 혼자 놀기, 뎀뵤, 또각또각, 팔랑 걸음, 섬진강, 닭/닭/닭, 미니스커트, 베스킨라빈스 슈팅스타, 원고지……. 내 생각과 같은 것도 있었지만 대부분은 예상외의 답들이었다.

나와 함께 여행을 갔던 사람들은 여행 이야기를 했고 어린 시절 친구는 학창 시절 이야기를 했다. 동호회에서 만난 사람들은 그 안에서의 내 모습을, 같

이 회사에 다녔던 친구는 그 시절을 이야기했다. 어느 한때에 내가 하고 다녔던 머리며 자주 입었던 옷을 기억하는 친구들도 있었고 내가 기억하지 못하는 어떤 것이 사람들에게는 내 기억으로 남아 있기도 했다. 단순히 내 모습을 알아보려고 시작했던 일 덕분에 내 과거를 모두 돌아보는 느낌이었다.

사람들이 생각하는 나는 제각각이었다. 같은 대답을 한 사람은 없었다. 심지어 '혼자 놀기'처럼 거의 모든 사람들에게서 나올 것이라 생각했던 대답도 딱 두 사람에게서만 나왔다. 이들이 서로 만나서 내 이야기를 할 때 어떻게 나에 대한 공통점을 찾아낼까 싶을 정도였다.

나는 생각보다 다양한 이미지를 갖고 있었다. 나는 스펙트럼처럼 넓은 특징을 가진 사람으로 그중 하나의 모습을 보이며 살아가고 있었다. 겉모습뿐만 아니라 성격까지도 한 가지에 머물지 않고 여러 갈래로 흘러 다니면서 때와 장소에 따라 다르게 나타났다. 어떤 곳에서는 활발한 아이였고, 어떤 곳에서는 조용한 아이였다. 이중 어떤 것이 진짜 내 모습인지는 알지 못한다. 아니, 사람들이 기억하는 다양한 모습 하나하나가 모두 나일 것이다. 수많은 모습을 갖고 있으면서 그때그때 다른 것들이 보여질 뿐이다. 한두 번 만났던 사람이 어느 날 완전히 새롭게 느껴지는 것은 이상한 일이 아니다. 그냥 어느 순간 그 사람의 다른 모습을 봤을 뿐이다.

'강미영 하면 떠오르는 단어'를 물었을 때 친구들에게서 나오는 대답은 사람들이 나를 처음 만났을 때 느끼는 첫인상과는 분명히 다르다. 첫인상은 항상 더 보거나 덜 보게 된다. 어떤 사람의 진면목을 못 알아보기도 하고, 일부러 꾸민 겉모습에서 그 사람이 가진 것 이상을 보기도 한다. 그러나 친구들이 말해주는 것은 어떤 식으로든 나와 함께 시간을 보내면서 나를 관찰해 알게 된 작은 습관이나 특징들이기 때문에 딱 내가 가진 만큼만이다. 잘 보이려고 임시로 챙겨 입거나 어색하게 포즈를 잡은 것이 아니라 여러 번 만나 오랜 시간을 보낸 사람들에게만 지속적으로 보여줬던 모습들인 것이다. 나를 만나서 같이 시간을 보내는 동안 첫인상에 가감하여 진짜 내 모습만 남기는 것이다. 오랜 시간 반복적으로 보여줬던 이미지이기에 이것들이 진짜 내 모습이다.

흔히 우리가 중요하게 생각하는 것은 첫인상이다. 사실 첫인상은 아주 오 랫동안 그 사람의 이미지를 좌우할 것처럼 보이지만 꼭 그런 것만은 아니다. 우리가 다른 사람들에게 소개되거나 기억되는 방식은 오랜 시간 만들어진 내 이미지이다.

가만히 들여다보니 친구들이 보내준 것들은 기분 좋은 것들이었다. 그 단 어가 좋은 것이든 나쁜 것이든 나를 빙긋이 웃게 한다. 그 사람들과 함께 했던 시간들이 그려지기 때문이다. 다른 사람들에게 남아 있는 내 모습들을 들여다 보면 아주 작고 사소한 것일 때가 많다. 어떤 것들은 너무 순간적으로 지나간 것들이어서 내 기억 속에는 남아 있지 않기도 하다. 그 시간들을 놓치지 않고 기억해준 것이 놀랍기도 하고 고맙기도 하다.

나조차도 모르는 내 모습이 많다. 살아가면서 딱 한 번 보여준, 그래서 그 친구가 아니면 아무도 알지 못하고, 그렇게 영영 지구상에는 존재하지 않을 내 모습도 있다. 나는 사람들의 기억 속에 작은 조각으로 파편처럼 기억된다. 사 람들은 특정 순간의 나를 기억할 것이고 이 기억들이 모두 합쳐졌을 때만 진짜 내 모습이 완성된다. 어쩌면 진짜 내 모습은 사람들 사이의 관계에 의해 만들 어지는 것인지도 모른다.

우리 모두가 아는 나는 없다. 내가 다른 사람들에게 보여주는 모습에는 정 해진 정답이 없다. 내가 알지 못하는 내 모습을 내가 아니라고 부정할 필요도 없고 어떤 순간에 나는 꼭 이래야 한다고 정해진 것도 없는 셈이다. 사람들이 이야기하는 내 모습이 다르더라도 그것이 이상하거나 내가 이중인격인 것이 아니다. 내 모습은 내가 보여주는 모습이기도 하지만 관계에 의해 만들어지는 것이기도 하기 때문이다. 농담을 좋아하는 사람을 누군가는 부담이 없다며 좋아하겠지만 누군가는 무례하다고 느낄 수도 있다. 누군가에게는 밝게 웃는 모습으로 오랫동안 기억에 남겠지만 또 다른 누군가에게는 그저 그런 모습으로 아무런 기억도 남기지 못할 수도 있다. 그러니까 내 모습, 내 성격은 나만의 것이 아니라 받아들이는 사람에 따라 달라지는 것이다.

다른 사람이 보는 내 모습은 새롭게 나를 정의하는 방식이 됐다. 비록 나에 의한 나만의 내 모습은 아니지만 그 사람들이 나를 어떻게 기억하는지를 둘러보는 것은 충분히 의미 있는 일이었다. 사람들과 마주 보고 앉아 대화를 나누고, 한 끼의 식사를 나누고, 무슨 일인가를 함께하던 시간들을 통해 내가 이 세상에 존재하고 있었다.

다른 사람들은 내가 지닌 수많은 모습들 중 한두 개만을 꺼내고서도 나를 기억해낸다. 오랜만에 만난 친구가 내가 나임을 다시 확인하는 것도 이런 특징들 중 어떤 것 덕분이다. 어떤 친구는 서점에서 책을 볼 때마다, 걸음걸이가 나와 비슷한 아이를 볼 때마다, 날아가는 새를 볼 때마다, 여행을 갈 때마다 혹은 우연히 길에서 어떤 음악을 들을 때마다 나를 기억할 것이다.

우리는 수많은 사람들에게 노출되어 누군가와 함께 살아갈 테고 그들은 어떤 식으로든 나를 기억할 것이다. 내 옆에서 묵묵히 내 모습을 담아가는 사람들, 나의 어느 한때를 간직하고 있는 사람들, 그렇게 생각하니 새삼스럽게 그 사람들이 더 소중해졌다. 이 사람들을 잘 챙기면서 가야겠다. 그것이야말로 내 모습 중 하나를 지키는 일이기도 하니까.

하고 싶은
취미 만들기

시작해 프로젝트

나는 항상 하고 싶은 것들이 많다.
약간의 관심만 있어도
그것에 대해 자세히 알아보고 싶고
시간을 쏟고 싶어진다.

내가 재미없어하거나 포기하게 될까 봐
아예 시작도 하지 않는 시시한 사람은 되지 않겠다.
마음먹었다면 시작하는 것만이 답이다.
그래야 성공하든 실패하든 할 테니까.

자, 그럼 이제 시작해볼까?
1퍼센트의 가능성에도 앞으로 전진!
무엇이든.

친구가 나더러 끈기가 없다고 한다. 요가, 손뜨개 곰인형 만들기, 오카리나, 살사댄스, 단체 줄넘기, 사진, 인라인스케이트, 글쓰기, 재즈댄스, 캘리그라피, 라인댄스, 테니스, 와인클래스, 독서토론회, 서울 도보 여행……. 모두 내가 취미 활동을 위해 기웃거린 학원이며 동호회이다. 할 만한 것은 모두 해봤다. 하지만 뭘 한다고 벌여놓고 3개월을 채 넘기기도 전에 집어치우기 일쑤였다. 그러니 옆에서 보기에는 얼마 하지도 않을 거면서 또 새로운 걸 시작하는 내가 이해되지 않을 만도 하다.

게다가 항상 의욕이 앞서서 필요한 장비를 갖추는 데는 일등이다. 그러니 뭔가를 시작할 때마다 금전적 출혈이 큰 것도 사실이다. 우리 집에는 취미 활동을 위한 각종 도구들이 가득하다.

손뜨개 곰인형 만들기를 시작할 때는 털실을 잔뜩 사다놓고, 일본어를 몰라도 그림만 봐도 도움이 된다며 일본어로 된 뜨개질 책까지 샀다. 오카리나도 소리가 마음에 들어서 소프라노를 샀고, 배우기 쉽다고 해서 알토까지 샀다. 요가는 '해야지' 하고 결심할 때마다 새로운 마음으로 열심히 해보겠다는 생각에 추리닝을 새로 구입해서 요가용 추리닝만 몇 벌이다. 인라인스케이트는 무릎보호대부터 헬멧까지 먼지만 쌓인 채 버리지도 못하고 쓰지도 않고 베란다 공간만 차지하는 애물단지가 됐다. 캘리그라피를 할 때도 먹물만 사면 된다는 것을 굳이 벼루에 먹을 갈며 차분한 마음으로 글씨를 쓰겠다는 생각에 벼루에 먹까지 모두 구입했다. 연습용 종이는 또 왜 그렇게 많이 샀는지. 그나마 천만다행인 것은 살사슈즈와 드레스를 충동구매하지 않은 것이다.

어쨌든 내가 취미 활동을 위해 사들인 물건들이 집 안 구석구석에 쌓여 있는 것을 볼 때마다 이게 뭐 하는 짓인가 싶어서 나 또한 살짝 반성하게 된다. 내가 정말 끈기도 없고 그 어떤 것에도 소질이 없는 아이는 아닐까 싶은 두려운 생각이 들기도 한다.

내가 뭔가 해보고 싶다고 하면 친구는 "이번에는 또 얼마나 할 건데?"라고 묻는다. 내가 얼마 가지 못해 포기할 것이라는 뜻이다. "자꾸 하다 말걸 왜 하냐?"는 친구의 물음에 결국 나는 우물쭈물 대답하지 못했다. 하지만 오늘은 그 대답을 할 수 있을 것 같다.

나도 이 문제에 대해서 심각하게 생각해봤다. 그런데 아무리 생각해도 내가 옳은 것 같다. 내가 이 많은 것들을 시도하고 포기하는 동안 나더러 끈기가 없다고 했던 그 친구는 뭘 했지? 아무것도 하지 않았다. 그저 할까 말까 망설이고 마음만 먹다가 포기하기를 반복했다. 돈을 쓰지 않았고 노력을 들이지도 않았지만 아무것도 하지 않은 채 시간을 그냥 흘려보내기만 했다. 시간을 절약했다고 말하지만, 그 시간을 의미있게 쓰지 못했다. 나는 그 시간 동안 최소한 내게 맞지 않는 것들을 발견하지 않았던가. 다시 취미를 찾을 때 제외시킬 수 있는 몇 가지를 골라내지 않았던가. 그것만으로도 충분하다.

내가 이것들을 시도해보지 않았다면 항상 하고 싶은 마음 때문에 분주했을 것이고, 해보지 못한 것들 때문에 마음이 어지러웠을 것이다. 나는 이것들을 한 번씩 해보고 내게 맞는지 안 맞는지, 어떤 부분 때문에 내가 포기하게 됐는지를 정확히 알게 됐다.

게다가 내게 맞지 않는 많은 것들을 포기하면서 내게 어울리는 취미를 한

두 개쯤은 찾기도 했다. 글쓰기와 책읽기는 수많은 시도와 포기 속에서 내가 찾아낸 빛나는 보물이다. 그러니 그 친구보다는 내가 더 잘했다.

만약 이 많은 취미들을 시작하기 전으로 돌아가서 다시 내게 '시작할래? 말래?'라는 선택의 기회가 주어지더라도 분명 나는 시작할 것이다. 시작하기 전에는 내게 맞는지 맞지 않는지 알 수 없기에 일단 한 번 해봐야 하지 않겠는가. 물론 시도하는 모든 일에 소질이 있고 무엇이든 재미있게 잘할 수 있으면 더없이 좋다.

하지만 그렇지 않더라도 실망하거나 또 다른 시작을 주저하지는 않을 것이다. 우리는 다양한 재능을 갖고 있다. 그러니까 인라인스케이트를 타다가 포기했다고 해서 다른 모든 일에 재능이 없는 사람이라고 나를 평가할 수는 없는 일이다. 나는 또 다른 어떤 것을 잘 해낼 수도 있으니 그것을 찾기 위해 이것저것 시도해봐야 한다. 반대로 내가 글쓰기를 좋아한다고 해서 다른 모든 일을 좋아할 것이라고 단정할 수도 없지 않은가. 우리는 단 하나의 능력을 갖고 있는 것이 아니라 각각의 일에 맞는 다양한 재능과 수준을 갖고 있다. 그러니 관심이 가는 일이 있다면 직접 그 일을 시도해보고 내게 맞는지 맞지 않는지 확인하는 수밖에 없다.

기회가 된다면 오카리나는 다시 배워보고 싶다. 동영상을 보면서 독학하다가 도저히 안 돼서 가르쳐줄 만한 곳을 찾아갔다. 피아노 학원에서 피아노랑 같이 가르치는 것 말고 오카리나만 전문으로 가르치는 곳에서 배우고 싶었다. 인터넷에서 정보를 찾고 지하철을 두 번이나 갈아타며 어렵게 찾아갔는데 해병전우회 사무실에서 감지도 않은 긴 머리를 뒤로 질끈 묶은 아저씨가 '어서

오라'고 했다. 수강생은 나와 60대 할머니 단 둘이었다. 오 마이 갓! 그때의 충격을 잊지 못해 다시는 오카리나를 배울 생각도 하지 않았고 손에 들지도 않았다. 하지만 언젠가 제대로 배울 수 있는 곳만 나타나면 다시 시작하고 싶은 취미이다.

마음만 먹는 것과 일단 시작해보는 것은 천지차이다. 나는 다음 달이면 다시 새로운 취미를 시작한다. 이번에는 수영이다. 마음만 먹을 때는 수영복, 물안경, 수영모만 챙기면 되겠다 싶었는데 막상 수영을 시작하려니 막연히 생각만 했을 때와는 다르다. 물안경의 경우 눈에 자국이 덜 나는 모델은 어떤 것인지, 미러형인지 일반형인지에 따라 장단점도 구분하게 된다. 수영복도 일반용과 선수용을 구분하는 기준들이 궁금해진다.

시작하고 보면 새롭게 알게 되는 것도, 느끼는 것도 많다. 어디서 어설프게 아는 척하기 위한 것은 아니다. 배웠다고 말하기도 민망한 수준이니 말이다. 하지만 '해야지, 해야지' 하고 마음만 먹었을 때는 알 수 없었던 것들을 자세히 살펴보고 다시 하고 싶지 않은 것과 다시 기회가 주어진다면 하고 싶은 것들을 구분할 수 있다.

취미를 쓰는 자리에 '학원 다니기'를 쓴 친구가 있었다. 그 친구도 재즈댄스, 사진, 와인, 글쓰기 등 나만큼이나 다양한 배움의 길을 걸었다. 우리는 학원에서 만났으니 그 친구나 나나 끊임없이 뭔가를 배우고 관심을 옮겨 다니던 중이었다. 그 친구가 무얼 잘하게 됐는지, 진정 자신의 취미를 찾았는지는 모른다. 하지만 그 친구의 끊임없는 호기심과 실행력을 높이 칭찬해주고 싶었다. 그리고 그 친구의 존재 자체가 이런 내 생각에 대한 동의 같아서 특별히 반갑기도 했다. 그 친구의 취미가 '학원 다니기'라면 내 취미는 '취미 만들기' 정도가 되지 않을까.

어쩌면 우리가 진정으로 두려워하는 것은 과정의 어려움이나 아픔보다는 원하는 결과가 나오지 않는 것인지도 모른다. 우리가 시작할 때마다 망설이는 이유도 끝까지 갈 수 있을까? 라는 물음에 확신이 없기 때문이다. 평생 즐길 만한 취미를 얻고 싶어서 시작한 일이 재미가 없거나 흥미가 사라져서 중도에 포기하게 될까 봐, 그래서 끈기 없는 사람으로 보일까 봐, 대부분의 것들에 소질이 없는 아이로 보일까 봐, 그래서 그걸 지켜보던 사람들이 한마디씩 할까 봐 아예 시도도 하지 않는다.

하지만 우리가 원하는 결과가 나오지 않는다고 해서 시작했던 마음과 포기했던 마음을 모두 무시해서는 안 된다. 일단 시작하는 것이 의미 있고, 내가 왜 그 취미를 포기했는지 알아가는 과정도 의미 있기 때문이다.

끈기 없다는 평가를 받으면서도 내 호기심은 끊임없이 확장되기만 한다. 검도에 펜싱도 해보고 싶고 바둑과 목공도 배우고 싶다. 내 관심 카테고리를 벌여놓고 하나씩 지워가고 더해가는 일을 멈추지 않을 것이다. 무엇이든 내 관심을 끄는 것이 있다면 그쪽으로 흔들거리면서 다가가보기도 하고 멀어지기도 하면서 내가 정착할 수 있는 것들을 하나하나 찾아갈 것이다.

나는 어디서든 박수 받을 만한 개인기를 하나 갖고 싶다. 그리고 사람들과 호흡을 맞춰 하나의 작품을 만들어가는 공연 같은 것도 하고 싶다. 그러기 위해서는 끊임없이 나의 관심사들을 따라 움직여보는 수밖에 없다.

내가 포기를 잠재우는 방법은 일단 시작하는 것이다. 시작도 하기 전에 포기하는 것은 너무도 억울하다. 단순히 기회를 놓친 것뿐만 아니라 언젠가 다시 또 그 일이 하고 싶어지면 지금 했던 고민을 또다시 처음부터 해야 하기 때문이다. 한 번 마음이 끌렸을 때 시도해본 사람이라면 다음에 또다시 마음이 끌렸을 때 내가 처음에 왜 포기했는지를 떠올리고 그보다 더 나은 고민을 할 수 있기 때문이다. 그리고 확실한 것은 한 번 포기했던 일을 다음에 다시 시작하게 되면 처음보다 훨씬 더 멀리 갈 수 있다는 점이다.

재미없거나 포기하게 될까 봐 아예 시작도 하지 않는 사람은 되지 않겠다. 이대로 주저앉아 버리기에는 내가 너무 젊고, 또 아직 하고 싶은 일도 많다. 비록 끝까지 가지 못하더라도 그 시간들이 모두 내 안에 어딘가 쌓여간다는 사실을, 나는 믿는다.

천하에 어디 중심이 있으랴. 우리가 발 딛고 선 땅이 공처럼 둥근 것이라면
누구나 어디에 서 있건 중심이 된다.
문제는 그 사람의 마음이다. 항상 중심에 서서 살아가면서도 변두리 의식을 버리지 못하면 그는 영원한 주변인이다.

김종록,《장영실은 하늘을 보았다》

승진에서 밀리거나
옆자리 동료보다 평가가 안 좋거나
연봉이 기대만큼 오르지 않을 때
나는 크게 좌절하고 무너졌다.

내 일이 아닌 다른 어떤 분야에
단단한 자신감 하나를 갖고 있으면
속상한 일이 있더라도 조금은 잘 견딜 수 있을 텐데.

바쁜 일상에서 벗어나기

세 계 백 지 도

술자리에서 난상토론이 벌어졌다. 터키의 수도가 이스탄불인지 앙카라인지를 두고 여럿이 자신의 의견을 이야기했다. 시작은 전혀 그렇지 않았으나 대화는 점점 심각하고도 아카데믹해졌다.

처음에 누군가 대화 중에 터키의 수도는 이스탄불이라고 했을 때는 그런가 보다 하고 지나갔는데 한 명이 지적하고 나섰다. 터키의 수도는 앙카라라고. 이스탄불은 터키 최대의 관광지이자 공업도시이고 수도는 앙카라라고. 이스탄불이 워낙 알려져 있어서 수도 같은 느낌이 드는 거라고. 그는 목에 힘까지 줘가며 말했다. 그는 이스탄불의 술탄 정부와 앙카라 정부가 공존했던 시기부터 시작해서 앙카라가 수도가 되기까지의 역사를 구체적인 연도까지 쭉 읊어가며 들려주었다. 듣고 보니 그럴듯해서 또 고개를 끄덕였다. 나는 그저 '어떻게 저런 걸 다 알고 있지' 하며 얘기만 듣고 있었다. '이스탄불 터키 수도론'을 펼치던 사람도 앙카라가 맞는 것 같다고 해서 토론은 종결을 향해 달리고 있었다.

그때 각자 자신이 헷갈려 하던 수도 이름들을 말하기 시작했다. 호주도 시드니나 멜버른이 수도인줄 알지만 사실 캔버라가 수도이다. 스페인의 수도는 바르셀로나가 아니라 마드리드이다. 중국의 수도를 상하이로 알고 있는 사람도 많은데 사실은 베이징이다. 캐나다의 수도가 토론토인줄 알았는데 오타와더라. 스위스의 수도도 취리히나 제네바가 아니라 베른이다. 브라질의 수도는 상파울루인 줄 아는데 브라질리아이다. 끊임없이 나라 이름과 수도 이름이 쏟아졌다. 그리고 난데없이 나라와 수도 대기 놀이로 번져갔다. 누군가 나라 이

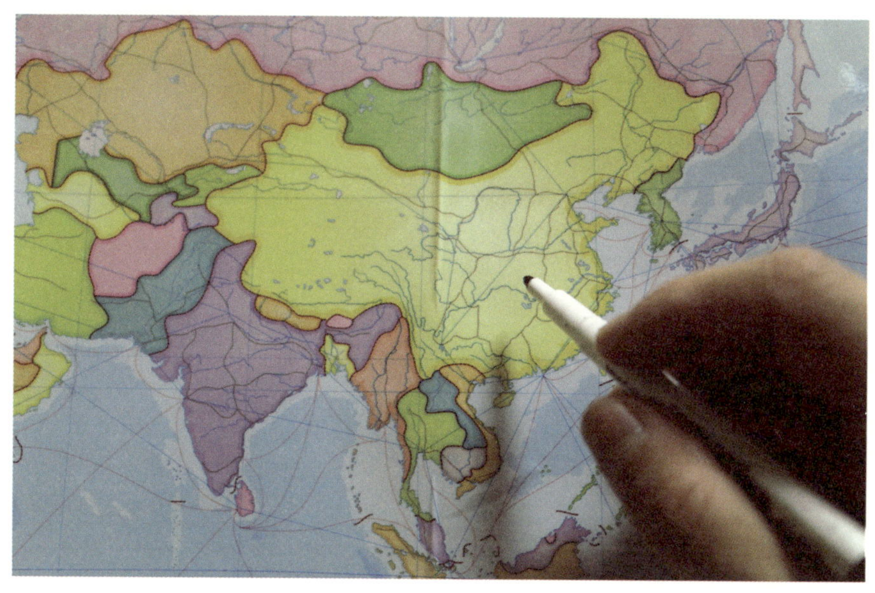

름을 말하면 또 다른 누군가가 그 나라의 수도를 대는 식이었다. 못 맞힌 사람에게는 따로 벌칙이 없었는데도 모두들 알코올로 게슴츠레해진 눈을 애써 초롱초롱 뜨며 자신의 지식을 뽐냈다.

이 난상토론 속에서 나는 거의 아무 말도 하지 못했다. 수도는커녕 알고 있는 나라도 곧 바닥을 드러냈다. 사람들의 입에서 나오는 나라 이름들은 이미 내 수준을 훨씬 넘어서서 부탄, 콩고, 잠비아, 코스타리카같이 말하지 않으면 절대 기억해내지 못할 나라들까지 나왔다. 그런데도 사람들이 알고 있는 나라 이름은 끊임없이 이어졌다. 난 그저 나라 이름이 나올 때마다 "맞아, 그런 나라도 있지" 하며 겨우 기억을 더듬어갈 뿐이었다. 나의 빈약한 상식 수준을 확인하는 순간이었다.

그날의 충격은 컸다. 단순히 나라 이름 하나를 알고 모르고의 문제가 아니었다. 너무도 좁은 책상만큼의 공간을 파느라 옆에 있는 넓은 것들을 보지 못했다. 밥벌이와 상관없는 일들에는 모든 신경이 닫혀가고 있었다. 지식 확장이 안 되는 정도가 아니라 알고 있던 것도 까맣게 잊어버렸다. 업무에 관한 것들을 익히기 바쁘다는 이유로 다른 모든 일에 관심을 끊었다.

기억했던 꽃 이름과 향기도 모두 잊었다. "생각나는 동물 이름을 말하시오"라는 주문을 받았을 때 끊기지 않고 열 손가락을 넘길 자신이 없다. 슈베르트, 베토벤, 모차르트, 바흐, 바그너의 유명한 리듬도 기억나지 않는다. 그 어떤 철학자 한 명도 제대로 후벼 파지 못했다. 미술 작품을 보면서 누구의 작품인지 알아내는 것은 아예 불가능한 일로 보인다. 언제부터인가 봄과 가을에 대해 내가 아는 것이라고는 올해 유행할 트렌드밖에 없다.

서둘러 세계지도를 사다가 벽에 붙여놓았다. 나라 이름 하나하나를 훑어보며 다시 기억하기도 했고 완전히 새롭게 배우기도 했다. 누가 말하면 "맞아 맞아" 할 것 같은데 나더러 이름을 대라고 하면 입도 뻥긋하지 못할 나라들도 많았다. 한 나라의 이름도 모르면서 그곳에 사는 수많은 사람들은 어떻게 알 것이며, 그 사람들에게 벌어지는 다양한 일들은 어떻게 알겠는가. 세계지도 속의 나라들을 보면서 다시 한 번 반성했다.

가끔 내 시선이 답답해질 때면 세계백지도를 펴놓고 나라 이름을 써본다. 세계백지도는 세계지도와 비슷하지만 각 나라별로 경계선만 그려져 있고 나라 이름은 적혀 있지 않은 지도이다. 그 지도를 복사해서 여러 장 놓아두었다가 생각날 때마다 한 장씩 꺼내서 구역별로 나라 이름을 채워 넣는다. 그곳을 하나하나 채워가면서 내가 얼마나 알고 있는지, 앞으로 배워야 할 것들이 얼마나 남았는지 확인해본다. 한국, 일본, 캐나다, 러시아, 미국, 중국처럼 근접 국가나 큰 나라만 겨우 외우던 수준에서 조금은 나아졌다. 유럽의 밀집된 나라들도 헷갈리지 않고 정확히 짚어낼 수 있게 됐다. 네팔이 남미의 어느 쪽에 있을 거라는 막연한 생각에 한참을 헤매던 바보 같은 기억도 이제는 재미있는 추억거리로 남았다.

세계백지도에 나라 이름을 쓰는 것은 어린 시절 친구들과 나라 이름을 대며 놀던 것과는 다르다. 누구를 앞지르기 위한 것도 아니고, 자랑하기 위한 것도 아니고, 더 많은 돈을 벌기 위한 것은 더더욱 아니다. 다만 한쪽으로 기울어진 나의 관심사를 다른 쪽으로 돌리는 일이고, 숨 돌릴 틈 없이 빽빽한 나의 지식 사이에 여유를 두는 일이다. 어떤 세계를 펼쳐놓고 그것을 정복하기 위해 혼자서 조금씩 꿈틀거리며 걸어가는 것이다. 그저 내 배움의 성장판을 좀 더 열기 위해 백지도에 나라 이름을 쓰고 또 쓴다.

세상에 대한 호기심이 더 사라지기 전에 자극해줘야겠다. 세계백지도에 나라 이름을 90퍼센트 이상 채울 수 있게 되는 날 나는 또 다른 관심거리를 만들어서 조금씩 배워갈 것이다. 어느 소설가는 집 앞 꽃밭에 봄 여름 가을 겨울 모두 꽃을 볼 수 있게 한 줄씩 번갈아가며 꽃나무를 심었다던데 그렇게 하려면 어떤 순서로 심어야 하는지 연구해보는 것이 내 다음 과제이다. 복수초, 산수화, 노루귀, 채송화, 목련, 산수유, 매화, 살구, 자두, 앵두, 조팝나무, 제비꽃, 민들레, 은방울꽃, 상사초, 수선화, 벚꽃……. 내게는 이름도 생소한 100가지 이상의 꽃들이 출석부에 맞게 순서대로 핀다던데 그렇게 꽃을 두고 보려면 어떻게 가꾸어야 하는지 연구해볼 참이다.

내 친구가 주말마다 사진을 찍으러 가는 것도, 일 년에 장편소설 한 질을 완독하겠다는 계획을 세우는 것도, 세상의 가로수에 대해 조사하고 싶다는 것도, 미술관에 다니고 한 달에 한 번은 공연을 챙겨보는 것도, 글을 잘 쓰고 싶어서 노력하는 것도 모두 자신의 관심사를 확장하는 일이다. 어떤 것이어도 좋다. 자기 나름의 관심 분야를 갖고 그것에 대해 좀 더 자세히 알고 싶다는 열정만 있다면. 시간이 날 때마다 기꺼이 그것에 시간을 투자하고 지식을 확장해나가면 된다.

밥벌이에 집중하고 실력을 길러서 연봉인상, 승진의 문턱을 넘어 성공으로 가는 것은 모든 직장인들의 최대 과업이다. 우리가 업으로 삼고 있는 일에 노력을 집중하고 끊임없이 연마하여 전문가가 되는 것은 아주 아주 중요하다. 한 우물을 파서 대가가 된 사람들의 이야기를 들으면 대단하기도 하고 부럽기도 했다. 나도 그렇게 되고 싶었다. 밥벌이와 연결되지 않는 일은 의미 없는 시간 낭비이고 기억하는 것조차 쓸데없는 에너지 낭비라고 생각했다.

그러나 밥벌이가 아닌 일에 관심을 두고 자신을 확장시켜나가는 것은 밥벌이만큼 중요하다. 이것은 나에 대한 믿음과 확신의 문제이기도 하다. 또 다른 쪽으로 내가 조금씩 나아진다고 생각하면 내가 하는 일에 사소한 문제가 발생하거나 좋지 않은 평가를 받더라도 쉽게 무너지지 않고 더욱 단단하게 버틸 수 있을 것 같다.

성공을 위해 달리는 시간만이 아니라 또 다른 배움의 시간을 가져야 한다.

여러 개의 시간을 갖고 있는 사람과 단 하나의 시간만을 갖고 있는 사람은 큰 차이가 있다. 직장 일을 잘 해내는 것만이 유일한 목표처럼 살아가는 사람은 자신의 일에 조금만 실수해도 크게 실망한다. 그 길만이 정답으로 보이기 때문에 작은 일에도 쉽게 무너진다. 한 가지 일에 대한 능력이 스스로에 대한 자아상 전체를 지배하게 되는 것이다.

"이 세상의 모든 지식을 알아버릴 테다!" 따위의 거창한 계획도 결심도 없다. 다만 먹고사는 일이 아닌 다른 어떤 분야에 꾸준히 공들이면서 나를 키워가고 싶다. 이것은 나를 더욱 빽빽하게 만드는 것이 아니라 잠시 잠깐 눈 돌릴 수 있는 다른 곳으로 나를 확장시키는 일이다.

빨리 달려가려고 하지는 않겠다. 내가 채운 세계백지도에는 아직도 빈 공간이 많이 남아 있지만 서두르지도 않겠다. 포기하고 멈춰 서지만 않는다면 조금씩 더 많은 것들을 알아갈 수 있을 것이라 믿는다.

이제 나는 "소녀시대가 누구예요? 저는 야구밖에 몰라요"라고 말했던 억대연봉의 야구선수보다는 들꽃의 이름을 많이 알고 있는 옆자리의 평범한 동료가 더 부럽다. 오로지 밥벌이만을 위해서 달리는 재미없는 경주는 더 이상 하지 않겠다.

잘
넘어지기

끄덕 끄덕

넘어지지 않는 것보다
잘 넘어지는 것이 중요해.

제대로 넘어지기만 하면
언제든지 훌훌 털고 다시 달려갈 수 있으니까.

괜찮아.
그렇게 일어나서
다시 시작하면 되지 뭐.

우리가 견딜 수 있는 범위 안에서의 상처는 오히려 우리를 강하게 만든다.

김혜남, 《어른으로 산다는 것》

나는 단 한 번도 내 일을 망치고 싶었던 적이 없다. 항상 잘하고 싶었고, 성공하고 싶었고, 사람들을 행복하게 해주고 싶었다. 내가 했던 모든 선택과 노력은 더욱 잘하기 위한 것임에 틀림없다. 그러나 내 일들은 가끔 엉뚱한 방향으로 흘러갔고 최선을 다했지만 프로젝트는 꼬였으며 본의 아니게 사람들에게 피해를 줬다.

나뿐만이 아니라 모든 사람이 그러하리라. 손님을 화나게 하려고 김치찌개를 맛없게 끓이는 식당 주인은 없다. 월드컵에서 차두리 선수가 패스를 잘못해서 결정적인 골 찬스를 놓쳤을 때 가장 안타까웠을 사람은 차두리 본인이었을 것이다. 올림픽 야구에서 중요한 순간마다 마운드에 올라간 한기주 투수가 다 이긴 경기를 위기로 몰아가는 것을 보면서도 그가 정말 잘하고 싶었을 것이라는 진심을 믿었다. 분명 모두가 '어디 한 번 엿이나 먹어봐라' 하는 마음으로 그러지는 않았을 것이다. 가만히 생각해보면 누군가 우리를 분노하게 하는 어떤 일을 했다 해도 그 사람의 진심은 그것이 아니었을 것이다.

그러나 이렇게 이해하고 말할 수 있는 것은 어디까지나 내가 일을 벌인 당사자이거나 그 일의 직접적인 피해자가 아닌 경우이다. 어떤 사람이 진심으로 최선을 다했더라도 그 결과가 내게 결정적인 피해를 준다면 나는 노발대발 난리를 치며 분노한다. 초보 미용사가 덜덜 떨리는 손으로 베테랑보다 서너 배는 시간을 더 들여서 내 앞머리를 자른다. 물론 나는 그 미용사가 잘하고 싶었으리라는 사실은 추호도 의심하지 않는다. 그럼에도 불구하고 쥐가 뜯어먹은 것처럼 삐뚤삐뚤, 그것도 다시 손볼 수 없을 만큼 짧게 잘린 앞머리를 보면 대폭

발할 수밖에 없다. 도대체 머리를 자를 줄은 아는 거냐며 분노하기 시작해서 이렇게밖에 못하면서 의자에는 왜 그렇게 오래 앉혀놓은 거냐며 그가 쏟은 정성까지 싸잡아 비난한다. 이런 상황에서 슬기롭게 잘 대처할 수 있을 것 같았던 이성은 너무도 쉽게 무너진다.

다시 '나'로 돌아가 보자. 그러니까 내가 아무리 최선을 다해도 사람들에게 피해를 줄 수도 있고 욕을 먹을 수도 있다. 해서는 안 되는 말을 해서 동료를 난처하게 하기도 하고, 메일을 잘못 보내거나 일을 잘못 처리해서 상황을 곤란하게 만들기도 한다. 가끔은 정말 중요한 일이라 잘하고 싶었으나 의욕과 부담이 앞서서 일을 망쳐놓을 때도 있다.

이런 경우를 살펴보면 대부분은 내 능력에 걸맞지 않은 기회가 문제의 발단이 된다. 아직 능력이 충분히 성장하지 못했는데 내게 너무 큰 일이 주어지는 것이다. 우리의 의지와는 상관없이 세상이, 세상 사람들이 우리에게 기대하는 일들이 있을 것이고 그 기대치에 부응하지 못했을 때 세상으로부터의 비난을 피할 수 없다. 실패했을 때 누군가의 분노를 사는 것은 그 누구도 피해갈 수 없는 일이다. 물론 그 기대치를 훌쩍 넘어섰을 때 우리는 크게 성장할 수도 있다. 그러니 그런 기회가 무조건 나쁘다고만은 할 수 없다.

잘해보고 싶었으나 그 결과가 좋지 못할 때 우리는 잘하고 싶었던 마음을 의심받게 되고, 다른 사람들에게 머리를 조아리며 사과해야 한다. 너는 왜 그 모양이냐는 말을 들어야 하고, 일이 이 지경이 되도록 대체 뭘 한 거냐는 이야기를 들어야 한다. 일이 그렇게 엉망이 됐을 때 가장 속상한 것은 바로 나인데 아무에게도 위로받지 못한 채 죄인마냥 모두의 분노를 받아내야 한다.

내가 무엇을 하는 사람이든 누구에게나 난데없이 닥쳐오는 재앙처럼 다른 사람들의 불평불만을 들을 위험에 노출되어 있다. 그러니 우리는 이런 위기를 슬기롭게 넘길 수 있는 장치를 마련해두어야 한다.

이럴 때 우리가 취할 수 있는 자세는 그 사람의 말을 수용하면서 상황을 바꾸기 위해 노력하는 것이다. 자신이 할 수 없는 일들은 인정하고 할 수 있는 일들은 조금 더 노력을 보탤 수 있어야 한다. 냉정한 순간과 마주칠 때마다 그 상황과 나 자신을 인정하기 위해 노력한다. 그것만이 지금의 상황을 넘어설 방법이기 때문이다.

내게도 그런 날이 있다. 누구든 내 어깨를 따뜻하게 두드려주기만 해도 금방 눈물을 쏟을 것 같은 날이. 나는 열심히 한다고 했는데 이게 뭐냐며 또 한 소리를 들었다. 내가 온전히 잘못했다기보다는 나에 대한 기대치가 높았기 때문에 이런 사단이 난 것을 잘 안다. 그런데도 이 순간 섭섭하고 울컥한 것은 어쩔 수 없다.

이럴 때면 나는 그 문제에 대해 아주 집중적으로 생각해본다. 아무도 보이지 않는 곳으로 가거나 퇴근 후 집에 틀어박혀서 그 일을 다시 떠올려본다. 이때 중요한 것은 맞는 생각이 떠오르면 끄덕끄덕, 맞지 않는 생각이 떠오르면 도리도리를 하는 것이다. 끄덕끄덕이든 도리도리이든 머리를 흔들어대는 행동이 머릿속의 생각들을 조금씩 털어내주는 것 같아 시원하다.

넘어지는 것은 순간이지만 오랫동안 기억에 남는다. 안 넘어진 시간이 훨씬 긴데도 한 번 넘어지면 열심히 걸었던 시간을 모두 잊은 채 넘어진 시간에만 집중하게 된다. 이때 내가 넘어졌던 그 부분만 편집해놓고 반복 상영하는

어리석음을 범해서는 안 된다. 털어내고 더 잘할 수 있는 방법을 찾아야 한다. 세상의 기대치를 다시 한 번 생각해보고 그것을 이룰 수 있는 방법에 고개를 끄덕끄덕하고는 "할 수 있지?"라는 질문에 다시 한 번 고개를 끄덕끄덕할 수 있을 때까지 기대치와 능력을 조율해가야 한다.

가끔은 놀이터에 가만히 앉아 있기도 한다. 놀이터에 가보면 인생은 끝없는 '업 앤드 다운(up & down)'이라는 것을 알 수 있다. 그네도 가만히 앉아보면 매끄럽게 올라갔다 내려왔다 한다. 미끄럼틀을 탈 때도 천천히 계단으로 올라가서 신나게 미끄러져 내려와야 한다. 인생의 경사로에서 미끄러지듯이 순식간이다. 시소도 한 번 올라가면 반드시 내려와야 한다. 빙빙이도 돌고 돌아 제자리로 돌아온다. 너무도 쉽고 흔한 인생의 진리를 가르쳐주기 위해 어른들은 우리를 그 놀이기구에 태웠나 보다. 언젠가 내게도 다시 오르막길이 보일 것이라는 믿음도 생긴다. 지금의 실패는 그렇게 대단한 것이 아니라고 스스로를 다독여줄 여유도 생긴다.

조용히 혼자만의 시간을 가만히 갖는 것도 좋고 어떤 생각을 떠올리는 것도 좋다. 아무에게도 인정받지 못해 자신이 너무 초라하다며 기운이 빠져 있는 자신을 위로해줄 만한 것이 필요하다. 정신없이 콧물이 눈물과 섞이도록 힘껏 달리는 것도 좋고, 높은 곳에 올라가 소리를 질러도 좋고, 단골 가게에서 맛있는 음식을 사 먹는 것도 좋다. 그냥 가만히 앉아서 생각을 하는 것도 좋고, 회사 화장실의 변기 뚜껑을 덮어놓고 가만히 앉아서 마음을 가라앉히는 것도 좋다. 그런다고 문제가 해결되지는 않지만 모두에게 인정받지 못했던 자신의 노력을 인정해주고 조금의 보상을 해주면 그 사태를 수습할 기운이 생긴다. 성공하지는 못했지만 거기까지 최선을 다해 달려간 자신을 누군가는 인정해줘야 하는 것이다. 그러면 새롭게 달려갈 수 있는 힘을 조금은 얻을 수 있다.

어떤 일이든 우리가 단번에 뛰어넘을 수 있는 벽은 없다. 그러니 수많은 시련이 있을 것이고, 우리는 넘어져서 좌절할 것이다. 그것을 딛고 일어서는 방법을 익혀야 한다. 그래야 점점 높은 벽을 넘을 수 있게 되고 성장할 수 있게 된다.

누구든 잘하고 싶은 마음으로 충분한 시간을 들인다면 무엇에든 성공할 수 있다는 믿음을 가져야 한다. 지금 내게 닥친 어떤 문제도 충분한 시간만 들이면 얼마든지 좋아질 수 있다. 그 일을 익숙하게 해내는 데 사람마다 시간 차이가 있는데 나는 충분한 시간을 얻지 못한 채 기회를 맞았을 뿐이다.

평정심이란 어떤 일에도 흔들림 없이 평온을 유지하는 것이 아니라 흐트러진 상태에서 원래의 평온함으로 돌아올 수 있는 마음이듯이 우리가 걸어가는 성공의 길도 넘어지지 않는 길이 아니라 넘어지더라도 다시 일어나서 걸을 수 있는 길인 것이다.

내가 넘어진 날에는 내가 잘될 거라고 믿는 사람이 나밖에 없다. 그러니 진짜 열심히 하고 싶었던 마음을 잘 골라내어 보듬어줘야 한다. 그래야만 다시 일어날 수 있는 힘을 얻는다. 하는 동안 열심히 했노라고, 그런데도 일이 이렇게 되어 안타깝다고 위로해줘야 하는 것이다.

자신이 열심히 한 일에 대해 스스로 꾸짖지 말아야 한다. 모든 사람이 내게 등을 돌린 날, 나를 인정해주고 열심히 했음을 알아주는 사람이 필요하다. 일이 잘못된 것이 모두 내 탓은 아니지만, 그래도 결국 모든 것이 내 책임이 되어버린 날 일어나서 다시 달려갈 기운을 낼 수 있게 다독여주는 사람이 필요하다. 나를 가장 잘 다독여줄 사람은 바로 나이다.

세상을 사는 것은 그리 만만치는 않지만 그렇다고 미리 겁먹을 필요는 없다. 주먹 한 번 움켜쥐고 다시 시작해보는 거다. 오늘보다 더 잘하면 된다. 그렇게만 된다면 지금의 넘어짐은 충분히 의미가 있는 것이다. 우리 인생은 100일짜리 단기 프로젝트가 아니기에 내게 또 기회가 올 것이다. "지켜봐주세요. 언젠가는 빛나는 날이 올 거예요."

나만의 성공법 정의하기

책장 꾸미기

나만의 성공법
정의하기

세상에는 방향을 잃은 사람이 생각보다 많다.
모두가 분주하기는 하지만
나도 그도 우리가 어디를 향하고 있는지 알지 못한다.

나침반은 동서남북을 알려줄 뿐,
우리가 가야 할 방향을 알려주지 않는다.

우리가 목적지에 도달하기 위해서는
어느 방향으로 가야 하는지 스스로 찾아야 한다.

부유하다고 느끼는 가장 효과적인 방법은 돈을 벌려고 노력하는 것이 아닐지도 모른다.
우리와 같다고 여겼지만 우리보다 더 큰 부자가 된 사람과 실제로나 감정적으로나 거리를 두면 된다.
더 큰 물고기가 되려고 노력하는 대신, 옆에 있어도 우리 자신의 크기를 의식하며 괴로울 일이 없는
작은 벗들을 주위에 모으는 데 에너지를 집중하면 된다.

알랭 드 보통, 《불안》

 태어날 때부터 내가 어떤 사람
이 되어야 하는지는 미리 정해
져 있었다. 무식한 사람보다는 유식한 사람, 돈이 없는 사람보다는 돈이 있는
사람, 무명인보다는 유명인이 되어야 했다. 부모님, 선생님 그리고 나를 아는
모든 사람이 나더러 그런 사람이 되어야 한다고 반복해서 말했다. 그것이 성공
이고, 그래야 행복해진다고.

언젠가부터 사람들에게 휩쓸려 나도 그 사회병에 걸려버렸다. 성공한 사
람이 되고 싶어 발버둥을 쳤다. 중요한 자리를 차지하는 사람이 되고 싶었다.
인정받는 사람이 되기 위해 사람들이 정해준 기준에 따라 열심히 살았다. 다른
사람들이 인생의 공통된 목표랍시고 내게 알려준 곳을 향해 질주했다. 사람들
이 일렬로 올라서 있는 사다리의 꼭대기를 차지하기 위해 노력했고 혹시나 아
래로 떨어질까 노심초사했다. 자신의 직업을 밝힌 후 다른 사람들의 눈빛이 바
뀌는 것을 보면서 우쭐해하는 사람을 재수 없다고 말하면서도 부러워했다.

직업과 연봉이 그 사람을 판단하는 결정적인 기준이 되는 세상에서 30년
넘는 시간 동안 내가 가질 수 있는 것은 너무 적었다. 쉬지 않고 그들의 호흡에
발맞춰서 그 이상으로 열심히 달렸지만 내 몫은 늘 부족했다. 그때마다 스스로
에게 실망했고, 내가 이것밖에 안 되는 사람인가 좌절했고, 더 열심히 하지 못
했음을 반성했고, 앞으로 더 노력하라며 최선을 다했을 나를 다그쳤다.

연봉 협상을 하는 날이면 서로 얼마나 올랐나를 관찰하기 바빴다. 내 연봉
이 얼마나 올랐으니 이 정도면 만족한다에 그치지 않고 다른 사람들은 얼마나
올랐을까, 나는 그들보다 많이 오른 것일까를 궁금해했다. 그도 그럴 것이 연

봉은 세계경제와 물가상승률 그리고 회사 사정이 모두 반영된 것이기에 내가 만족한다고 끝나는 문제가 아니었다. 내 연봉이 1억이 올랐더라도 동료의 연봉이 1억 100만 원 올랐다면 나는 그 100만 원 때문에 내가 올린 1억에 만족하지 못하고 불만스러워한다. 어쩌다 업계나 동료의 연봉을 알게 되는 날은 회사를 당장 때려치우고 싶은 충동을 느끼기도 했다.

나의 부족함은 항상 다른 사람과의 차이였다. 다른 사람들과 비교했을 때 내가 갖지 못한 것들은 항상 확대되어 보였다. 그래서 살 만한데도 계속 슬프고, 계속 바쁘고, 계속 초라하고, 계속 가난했다. 나는 잘살게 되었지만 늘 불만족스러웠다. 다른 사람들이 가진 것을 보고 괴로워하느라 내가 가진 것에서 즐거움을 느끼지 못했다.

게다가 다른 사람이 가진 것들은 멀리 있지도 않았다. 조금만 손을 뻗으면 가질 수 있을 것처럼 가까워 보였기에 쉽게 포기할 수도 없었다. 내 동료들이 가진 것을 보면 나도 가질 수 있으리라는 희망을 갖게 되었다. 내가 원하고 노력하기만 한다면 좀 더 높은 곳으로 올라갈 수 있으리라는 가능성이 질주를 멈출 수 없게 했다. 끊임없는 갈망과 안타까움은 더 높은 곳으로 오를 수 있게 도와주는 채찍질이라고 생각했다.

나는 어디까지 가고 싶은 것일까? 어느 날 이 질문 앞에서 막막해졌다. 그러고 보니 내 성공의 목표는 오로지 옆 사람을 추월하는 것이었다. 모두가 같은 곳을 향해 달리기에 옆 사람보다 잘하면 좀 더 빠르게 성공에 이를 수 있을 것 같았다. 그렇게 목적지도 방향도 모른 채 일단 무조건 옆 사람만 보면서 달렸다. 동료와 나는 서로를 앞지르기 위해 노력했다. 실은 돌고 도는 쳇바퀴 속에서 경쟁하고 있다는 사실도 알아차리지 못한 채 동료와 나는 경쟁자가 되어 매일 열심히 그 자리를 맴돌았다.

이제 더 이상 이 쳇바퀴가 나를 더 높은 곳으로 끌어올려줄 수 없다는 사실을 알았다. 아니, 우리가 그토록 오르고자 했던 그 높은 곳이 어딘지 나는 모른다. 단순히 옆 사람과 비교해서 더 잘하는 것을 목표로 삼을 것이 아니라 우리가 이르고자 하는 곳부터 찾아야 한다. 나만의 절대적인 행복의 기준이 될 만한 성공 정의법이 필요했다. 다른 사람과 비교하지 않고도 내 것에 만족하며 기뻐할 수 있게.

우리의 목표가 모두 같은 이유는 돈만을 목표로 달리기 때문이다. 그 돈으로 무엇을 할지를 생각하면 모든 사람의 목표가 같을 수는 없다. 각자의 목표는 단순히 돈을 버는 것이 아니라 그 돈으로 무엇을 하고 싶은가에 따라 달라진다. 우리의 방향은 겉모습이 아니라 그 속에 있다. 똑같은 모양, 똑같은 색깔의 가방이 서른 개 이상 주르륵 놓여 있을 때 진짜 내 것을 찾으려면 그 속을 들여다봐야 하는 것이다. 우리 인생에서 중요한 것은 겉모습이 아니라 그 속에 담겨 있다. 그리고 우리는 그것을 찾아야 한다.

나는 멋진 책장을 꾸미는 꿈을 갖고 있다. 그래서 나는 소설가의 멋진 책장을 볼 때마다 열광한다. 아직은 집도 없고 수시로 이사도 다녀야 하기 때문에 집에 꼭 맞는 책장을 짜놓지 못했지만 언젠가는 그런 책장이 있는 서재를 꼭 갖고 싶다. 도서관처럼 많은 책들을 꽂아 두고 우리 집에 놀러 오는 사람들에게 내가 좋아하는 책들을 하나씩 선물하고 싶다. 책장 옆에는 노란 소파를 하나 두고, 언제든 내가 자리를 잡고 앉으면 마음이 평온해지는 공간을 만들고 싶다. 그것이 나의 목표이다.

그래서 나는 한 달에 10만 원 이상을 책에 투자한다. 처음에는 한 달에 한두 권씩 모으기 시작했는데 이제는 돈을 좀 많이 벌게 되어 구매하는 책을 늘린 것이다. 집을 마련하고 나서야 비로소 내 책장이 완전한 모습을 갖추겠지만 그때까지 열심히 내가 좋아하는 책들을 모아놓을 것이다. 이사할 때 책 무게만큼 부담이 되기도 하지만 절대 포기할 수 없는, 내가 돈을 모으고 일을 하는 목표인 것이다.

다른 사람과 똑같은 방법으로 행복해지겠다는 생각만 버리면 우리가 행복해질 수 있는 방법은 너무도 많다. 누군가는 일 년에 한 번씩 9박 10일로 해외 여행을 갈 것이고, 누군가는 새로운 취미를 시작할 것이고, 누군가는 예쁜 속옷을 사 입을 것이다. 그만큼 여유로운 삶을 살 수 있다면 모두가 만족할 만하다. 너무도 높은 연봉을 꿈꾸기보다는 돈에만 매달려 잊고 살던 작은 바람을 꺼내어 목표로 삼아볼 만하다. 어쩌면 우리의 목표는 크고 거대한 것이 아니라 이렇게 단순한 일일 수도 있다.

왜 그렇게 바쁘냐고 물으면 먹고 살기 위해서라고 한다. 그러나 우리 중 진짜 굶어 죽지 않기 위해서, 진짜 먹고 살기 위해서 일을 하는 사람은 거의 없다. 대부분은 오늘 일을 하지 않아도 먹고살 만하다. 그러니 분명 우리에게는 먹고사는 것 말고도 또 다른 목표가 있는 것이다. 우리는 그 목표를 꼭 찾아야 한다. 그래야 방향 없이 오로지 차곡차곡 모아두는 돈만을 목적으로 완전히 엉뚱한 방향으로 달려가던 것을 멈출 수 있다.

더 이상 나와 똑같은 목표를 갖고 있는 사람은 없다. 그러니 더 이상 경쟁

할 사람도 없는 것이다. 나만의 세상에서 나만 이뤄내고 혼자서 기뻐하고 만족할 수 있는 목표인 것이다. 옆 사람과 똑같이 돈 많이 벌기가 아니라 내가 이루어갈 수 있는 하나를 얻기 위해 노력하고 있다고 생각하니 혼자서 괜히 뿌듯해진다. 옆 사람의 연봉이 신경 쓰이기는 하지만 이제는 예전처럼 깊은 우울의 늪에서 허우적대거나 무기력에 빠지지는 않는다.

모두가 부러워하는 직업을 갖고 돈을 많이 버는 것이 사실은 행복에 이르는 한 가지 방법에 불과하다. 거대한 서바이벌 게임장에서 살아남는 것만이 인생의 목표이고 이를 위해 우리에게 주어진 다른 기회와 가능성을 모두 포기해야 한다면 그것은 너무도 비싼 대가를 치르는 것이다. 사람마다 이룰 수 있는 성공의 가짓수는 많고 행복해질 방법은 더더욱 많다.

행복에 이르는 방법이 적을수록 후진국이라고 김어준 씨도 말했다. 서점에 내 이름을 단 진열장이 생기도록 책을 열심히 잘 쓰는 것, 쓰레기를 줍는 여행을 떠나는 것, 내 이름과 명언이 새겨진 돌기둥을 세우는 것, 현관에서 계절이 보이도록 부지런히 집을 가꾸는 것, 트렁크 가득 책을 채우고 떠난 여행길에서 한 권 한 권 읽은 책들을 다른 사람들에게 나눠주고 마침내는 트렁크를 모두 비워내는 것……. 이 모두가 성공의 순간이고 행복의 모습이다.

세상에는 자신이 가야 할 길을 잃은 사람이 생각보다 많다. 나도 그중 한 사람이었다. 어쩌면 시키는 대로 하면 일이 잘못되더라도 책임을 지지 않아도 되기 때문에 아무 생각 없이 사람들의 말을 믿고 따랐는지도 모른다. 하지만 그것은 내 인생의 지휘봉을 다른 사람에게 건네주는 일이었고, 나 자신에 대해 가장 무책임한 행동이었음을 반성한다.

　더 이상 다른 사람들이 정해놓은 일을 하느라 내 에너지를 낭비하지는 않겠다. 남이 던져주는 도전이 아니라 스스로 만들어낸 도전에서 성공하여 기뻐하며 살고 싶다. 다른 사람들의 잣대에 따라 세상의 틀에 맞추는 삶이 아니라 내가 주도하고 관리하는 삶을 살고 싶다. 내가 원하는 만큼 원하는 방향으로 노력해서 성공하고 싶다.

　사람마다 성공의 정의를 스스로 내려야 한다. 그래야 세상을 움직이는 돈의 위력에서도 벗어날 수 있다. 각자가 이루고자 하는 성공이 있고 서로 다른 땅에서 경쟁한다면 더 많은 사람이 성공하고 행복할 수 있다. 내가 되어 열심히 살고 싶다. 아무도 인정하지 않을지라도 나만의 성공을 가꾸고 싶다.

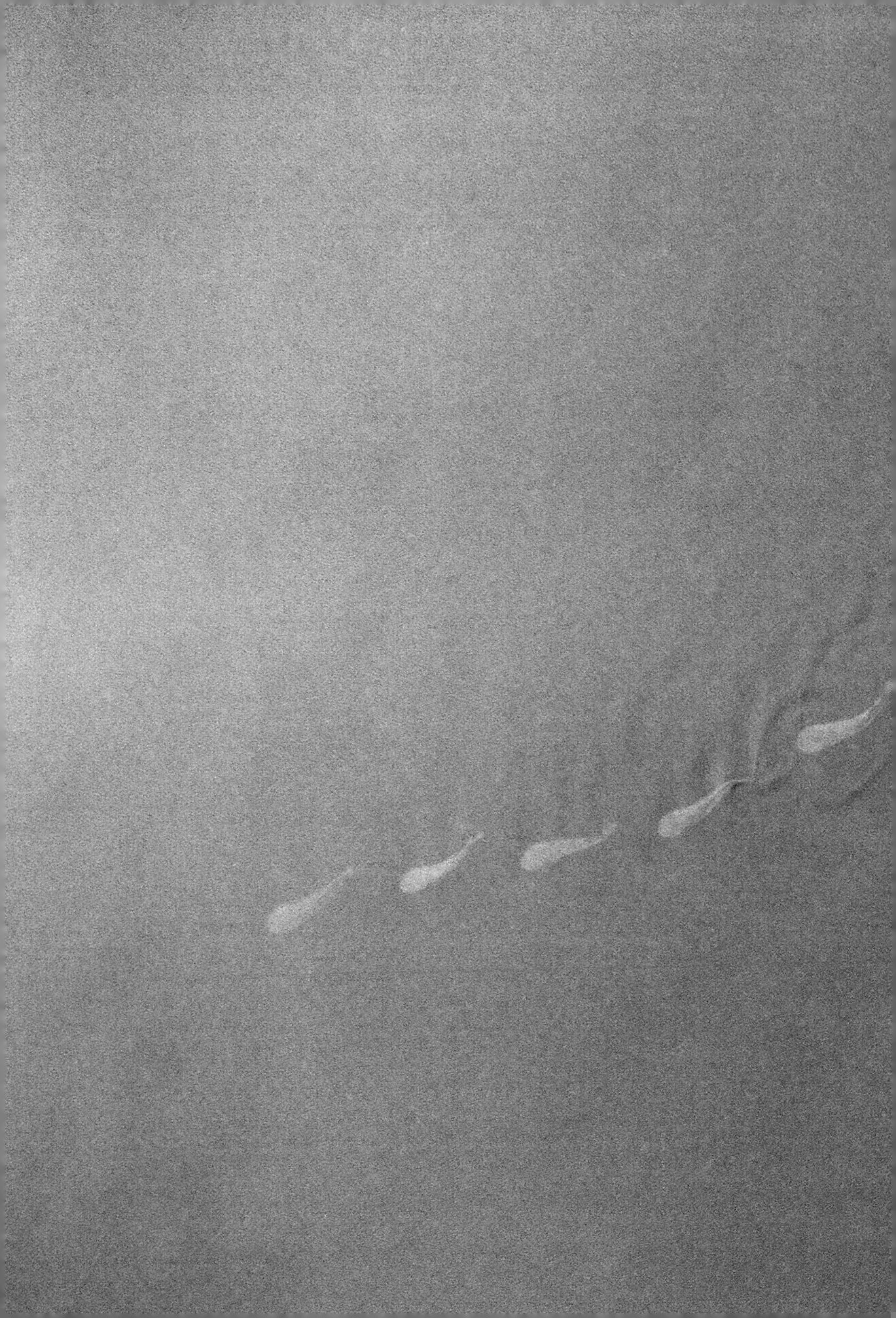

PLAY!
4

앞을 보기 위한
거울

룸 미 러

"엄마, 이건 뭐예요?"에서부터 시작된 궁금증.
그때마다 또박또박 어디에 어떻게 쓰는 물건인지 알려줬던 친절함.
거기서부터 나의 고정관념은 시작됐다.

이건 어디에 쓰는 물건인고? 고민해보지도 못하고
항상 그렇듯이 그 자리에 똑같은 쓰임새로만 사용했던 물건들.

가끔은 내 주변에 널린 물건들을
한 번도 보지 못했던 물건처럼 새롭게 바라본다.

공간 감각이 심하게 떨어지는 것이 내 최대 약점이다. 자타가 인정하는 길치, 방향치인데다가 책상 정리, 방 정리, 길 찾기, 운전까지 무엇이든 3차원에서 펼쳐지는 것이라면 젬병이다. 항상 다니던 곳도 방향이 바뀌면 여기가 어딘가 싶어 두리번거리고, 같은 건물의 앞뒤를 다른 건물이라 판단하길 밥 먹듯이 하루 세 번 꼬박꼬박 하고, 잘 걸어가다가도 누군가 길을 물으면 내가 가던 방향까지 헷갈려버리고, 지하철에서는 개찰구에서 카드를 찍고 나와서는 출구를 찾아 걷다가 다시 반대편 개찰구로 카드를 찍고 들어가는 어이없는 행동도 두 번쯤은 한 것 같다.

낯선 장소에 갈 때면 지도와 약도를 모두 프린트하고도 땀을 한 바가지나 흘려야 겨우 찾아갈 수 있는 건 당연지사. 찾아가면 그나마 다행이다. 한참 헤매다가 결국 택시를 타고 "여기로 가주세요" 할 때도 많다. 기사 아저씨는 5분도 안 되는 거리에 택시를 탔다는 사실에 어이없어하고 나는 그 짧은 거리를 헤매고 다녔다는 사실에 기운이 빠지곤 한다.

어질러진 방은 아무리 정리하고 하고 또 해도 제자리만 맴맴 돌고 결국 지쳐버린 나는 방 정리를 포기하기 일쑤이다. 이런 능력을 따로 기를 수 있는지 없는지는 잘 모르겠지만 나는 오래전부터 그랬고 지금도 그렇다. 그리고 상황은 전혀 나아지지 않는다.

운전면허는 겨우 땄지만 단 한 번도 운전석에 앉아 운전을 해보지는 못했다. 뿐만 아니라 운전석 옆자리에 앉아서 차선과 나란히 잘 달리는 자동차를 두고 "야야, 옆 차랑 부딪히겠어! 운전 좀 잘해!"라고 잔소리하는 용감한 특기도 가지고 있다. 고가로 올라갈 때는 갑자기 차가 도로를 이탈하는 것 같아서 "어어어어어" 하고 소리를 지르기도 한다. 급기야 친구들은 "야, 너 뒤에 타"라며 아예 내가 앞자리에 승차하는 것을 거부한다.

자연스레 누군가의 차를 얻어 탈 때는 앞자리보다 뒷자리에 앉는 경우가 많았다. 친구 셋이 놀러 갈 때면 항상 뒷자리는 내 차지였고, 그것이 더 편하기도 했다. 잘 모르는 사람의 차를 얻어 탔을 때는 편하게 소리를 지르지도 못한 채 혼자 움찔거리며 온몸으로 그 공포를 감당해야 하기에 스스로 뒷자리에 앉기도 했다.

뒷자리에 앉아서 앞좌석의 친구들과 이야기를 나누려면 운전석과 조수석 사이에 얼굴을 내밀어야 한다. 양팔로 의자를 짚고 얼굴을 최대한 내밀어보지만 그들과 대화한다는 느낌은 들지 않는다. 항상 그들의 옆모습이나 뒤통수만 보면서 얘기할 수밖에 없다. 그래도 조수석의 친구는 가끔 뒤돌아서 얘기도 해주고 얼굴을 보면서 웃어주기도 하지만 운전하는 친구는 나와 눈을 마주치기가 어렵다. 그리고 나는 그것이 늘 불만이었다.

그러던 어느 날이었다. 대화에 지쳐서 뒷자리에 널브러져 있는데 룸미러로 운전석에 앉은 친구의 얼굴이 보였다. 룸미러가 가로로 길다 보니 겨우 눈과 이마밖에 볼 수 없었지만 친구가 내 얘기를 듣고 있는지, 웃고 있는지, 나를 바라보는지는 알 수 있었다. 운전석에서 뒤쪽을 바라보는 용도로 쓰이는 룸미러를 통해 나는 앞에 앉은 사람의 앞모습을 볼 수 있었다.

그때부터 나는 차에 오르면 룸미러로 운전자와 대화를 나눴다. 친구 또한 룸미러를 통해 내 얼굴과 반응을 살폈고, 나도 룸미러를 통해 친구와 눈을 맞추

며 대화할 수 있었다. 운전석에서는 뒷자리를 보기 위해 너무도 당연히 룸미러를 바라보곤 하는데 뒷자리에 앉아서 룸미러를 볼 생각은 왜 하지 못했을까? 앞자리에 앉은 사람의 앞모습을 볼 수 있다는 생각을 왜 해보지 못했던 것일까?

룸미러로 그동안 내가 볼 수 없었던 모습을 많이 볼 수 있었다. 버스에서도 기사의 얼굴을 살필 수 있다. 기사가 승객의 동태를 살피기 위해 걸어놓은 룸미러지만 자리에 앉아 있는 우리에게는 운전자의 앞모습이 보인다. 버스에는 룸미러가 세 개 있다. 운전석 바로 위쪽에 있는 룸미러로는 기사의 이마와 눈밖에 볼 수 없다. 앉는 위치에 따라 좀 더 많이 볼 수 있기는 하지만 이 거울은 시야가 너무 좁다. 운전석 살짝 우측으로, 그러니까 버스 앞창의 가운데쯤에 룸미러가 하나 더 붙어 있는데 이 거울이 재미있다. 그 거울로 보면 운전자의 가슴팍까지 모두 보인다. 그래서 그가 전화 통화를 하는 것도, 파란색의 넥타이를 맨 것도, 간식으로 먹는 것도 모두 볼 수 있다.

범죄 영화의 첫 장면에 자주 등장하는 것이 바로 운전석에서 룸미러로 뒷자리의 손님을 살피는 택시 기사의 눈이다. 룸미러에 비친 택시 기사의 음흉한 눈빛은 뒷자리 손님에게 심상치 않은 일이 벌어질 것을 알리는 복선인 셈이다. 화면의 룸미러에 눈이 비치면 택시 기사가 뒤를 보고 있다는 의미이다. 그렇다면 뒷자리에서도 똑같이 기사의 눈빛을 살필 수 있음을 놓치지 말아야 한다. 룸미러를 통하면 기사의 앞모습을 볼 수 있다. 그래서 나는 택시를 타면 우선 기사의 뒤통수를 보고, 뒷자리 오른쪽에 앉아서 옆모습을 보고, 룸미러를 통해 앞모습을 살핀다. 그렇다고 완벽하게 안전하지는 않겠지만 최소한 그가 룸미러로 나를 계속 보는지 아닌지는 살필 수 있다. 룸미러를 통해 자꾸 눈이 마주친다면 그의 수상한 거동을 조금은 의심해볼 수 있는 것이다.

룸미러는 운전자들에게는 뒤에 있는 무언가를 보기 위한 거울이다. 하지만 운전석에 앉을 기회가 많지 않은 내게는 앞을 보기 위한 거울이다. 운전자를 앞질러가서 그와 마주 볼 수 있게 해주는 거울인 셈이다. 지금까지는 뒤를 보는 거울이라고만 생각해왔던 물건이 한순간에 완전히 다른 의미를 지닌 물건으로 바뀌었다.

생각해보니 이런 물건은 또 있다. 바로 선글라스이다. 선글라스 또한 보는 사람의 시선에 따라서 다른 의미를 갖게 된다. 내가 눈부신 햇살을 가리기 위해서 착용하는 선글라스. 그래서 이름도 선글라스인 그 물건은 내가 아닌, 다른 사람들의 눈에는 가면과도 같은 것이다. 해를 가리는 것이 아니라 나를 가리는 물건이다. "내 선글라스 어때?" 하고 물었을 때 "좀 가리니까 훨씬 낫다"라고 농담처럼 대답하는 친구도 이미 선글라스의 용도를 가면으로 보고 있는 셈이다. 쌍꺼풀 수술을 했거나 어젯밤 남모를 부부싸움을 했거나 화장을 하지 않고 잠깐 나가거나 다크서클이 난데없이 턱밑까지 내려온 날 자연스럽게 선글라스를 챙겨 쓰게 된다. 그 이면에는 다른 사람들의 시선으로부터 나를 가리고 싶은 마음이 숨어 있다. 자신을 내보이고 싶지 않다는 것이다.

이때 재미있는 것이 하나 더 있다. 보통 가면이라고 하면 눈을 제외한 나머지 부분을 모두 가린 것을 생각하는데 선글라스를 가면처럼 쓸 때는 눈을 제외한 나머지 부분을 모두 노출시킨다. 겨우 눈만 가리고는 얼굴을 모두 감출 수 있다고 생각하는 것이다. 얼굴의 형태를 알아볼 수 없게 눈을 제외한 모두를 가리는 대신 그저 눈만 가려줘도 충분히 우리 얼굴을 감출 수 있는 가면이 된다.

항상 정해진 그대로만 바라보고 받아들여왔다. 한 번도 사용해보지 않았던, 완전히 새로운 물건을 발견할 때까지는 어떤 물건의 쓰임새에 대해 고민할 일도 없었다. 그러나 우리가 흔히 사용하던 물건을 다르게 바라보고 새로운 쓰임새를 발견하는 일은 재미있다. 회사에서 동료들과 간식으로 떡볶이를 사다 먹을 때의 일이었다. 같이 사온 순대를 먹기 위해 종이컵에 소금을 덜어놓았다. 그런데 소금을 찍으려고 하면 순대가 자꾸 종이컵 속으로 빠져서 원하지 않게 엄청난 양의 소금이 찍혔다. 종이컵이 너무 깊어서 순대를 어느 정도나 넣었는지, 소금이 어느 정도나 찍혔는지 보이지 않아 애쓰다 보면 순대를 놓치는 것이다. 그때 동료 중 한 명이 가위를 갖고 오더니 종이컵을 절반쯤 잘라냈다. 반쯤 잘린 종이컵에서 소금을 찍어 먹으니 순대를 놓치는 일도 줄어들었고 훨씬 편했다. 그때 다른 동료가 다른 종이컵을 꺼내 거꾸로 뒤집더니 거기에 소금을 덜어놓았다. 종이컵을 뒤집고 보니 집에서 간장을 덜어 먹는 작은 접시만큼 아주 낮은 접시가 있었다. 종이컵이 안전하게 바닥에 닿도록 테두리가 바닥보다 살짝 길어서 작은 접시처럼 보인 것이다. 거기에 소금을 덜어놓고 먹으니 순대를 빠뜨릴 일도 없고 조금씩 원하는 만큼 소금을 찍을 수도 있게 됐다. 항상 바르게 놓고만 사용했던 종이컵을 한 번 뒤집어놓자 새로운 쓰임이 보였다. 갑작스럽게 동료들과 '어떻게 하면 순대에 소금을 조금 찍을 수 있을까'라는 아이디어를 두고 경쟁을 벌인 덕분에 흔하게 쓰던 종이컵을 재발견할 수 있었다.

내 물건들을 요리조리 살펴봐서 다양한 용도로 사용해볼 작정이다. 세상에는 내 시선뿐 아니라 다른 사람의 시선도 있다는 사실에서 그 물건의 또 다른 용도들을 찾아낼 수 있을 것 같다. 그러다가 그 물건을 발명해낸 사람의 진짜 숨은 의도를 발견할지도 모르는 일이다. 어떤 사진 수업에서는 피사체를 다양한 시선으로 바라볼 수 있도록 필름 한 통으로 한 가지 물건만을 찍게 한다. 여러 각도에서 바라보고 촬영해야 한다는 것이다. 나중에 필름 카메라를 사게 되면 꼭 해보고 싶은 작업이다.

가끔은 내게 공간감각 기능을 깜빡하고 탑재하지 않은 어떤 분이 원망스럽기도 하지만 덕분에 이런 멋진 시선들을 갖게 되었으니 용서해줘야겠다.

나보다 빠른 것들아,
먼저 가라

회전문

회전문 앞에서 머뭇머뭇.
바쁘게 걸어가던 내 걸음이 엉킨다.

돌아가는 속도에 맞춰
안전하게 안으로 뛰어드는 것이 너무 어렵다.

그렇게 기계가 돌아가는 속도 앞에서 쩔쩔매는 거.
예전엔 느리고 둔한 것 같아서 부끄러웠는데,
이제는 왠지 인간적으로 보이는 것 같아 맘에 든다.

실수를 좀 하더라도 괜찮아.
좋은 사람이 꼭 훌륭할 필요는 없으니까.

심승현, 《파페포포 투게더》

하루에도 몇 번씩 시한폭탄을 안은 채 걸어가는 느낌이다. 내 주변의 것들은 초시계를 달고 째깍째깍 내 움직임을 재촉한다. 해야 하는 일들을 정해진 시간에 빠르게 처리하는 능력을 요구한다.

집을 나설 때는 현관 센서등이 꺼지기 전에 신발을 신고 현관을 나서야 한다. 신발장에서 신발을 찾아 현관에 내려놓고 신은 다음 문을 열고 나가기까지 주어진 시간은 20초. 이 시간을 넘기면 불이 꺼진 깜깜한 현관에서 다시 센서등을 켜기 위해 허공에 손을 허우적거려야 한다. 에스컬레이터에서는 내 차례가 오면 발이 엉키지 않게 조심조심 계단으로 올라서야 한다. 계단을 두 개 이상 보내지 말고 타이밍에 맞춰 에스컬레이터에 올라야 한다. 그러지 않으면 꾸물거린다며 뒷사람의 눈총을 받는다. 자동문은 닫히기 전에 빠르게 통과해야 한다. 문 앞에서 머뭇거리지 말고 자연스럽게 한 공간을 통과하듯이 지나가야 한다. 약간이라도 시간을 지체하다가는 다 통과하기 전에 자동문이 닫혀서 어깨든 엉덩이든 자동문에 쿵 하고 끼이게 된다. 아픈 것도 아픈 거지만 창피함이 더 크다. 소리가 너무 커서 사람들의 시선이 집중된다.

그중 가장 어려운 것은 회전문이다. 회전문은 빙글빙글 돌아가면서 네 개 구역으로 나눠 입을 벌린다. 내 앞에 공간이 열리는 순간 그 안으로 들어가야 한다. 그래야 회전문의 가이드를 받으며 안전하게 반대편에 들어설 수 있다. 그런데 난 이 일이 참 힘들다. 마음은 급하고 몸은 마음처럼 움직이지 않는다. 그냥 혼자 회전문을 밀고 들어가는 것은 상관없는데 회전문이 자동이거나 반대쪽에서 사람이 들어오는 상황이라면 문이 돌아가는 속도에 맞춰야 한다. 멈

취 있는 공간이 아니라 계속 움직이는 공간으로 타이밍을 맞춰 뛰어들어야 하는 것이다.

그 타이밍을 맞추려다 보니 마음이 급하다. 그래서 앞사람이 들어선 구역에 잘못 끼어들어서 좁은 공간을 둘이 종종걸음으로 걸어가는 민망한 상황이 발생하기도 한다. 또는 두세 명이 한꺼번에 들어갈 수 있는 큰 회전문에 일행이 아닌 다른 사람과 짝이 되어 들어간 적도 있다. 아무 일도 아니지만 잘못 뛰어든 민망함과 미안함에 문이 돌아가는 동안 조심조심 눈치를 살펴야 한다. 게다가 망할 자동회전문은 구역을 나누는 파티션에 몸이 조금만 닿아도 그 자리에 서버린다. "내가 알아서 밀어줄 테니 너는 문에 손도 대지 말거라"라고 경고문까지 붙여져 있다. 덕분에 낯선 사람과 함께 한 공간으로 뛰어든 나는 더욱 곤혹스럽다.

나는 아직도 회전문의 이점을 모르겠다. 건축학도가 아니기 때문에 회전문을 설치하면 공간이 효율적으로 활용되는지, 들어오고 나가는 사람의 동선이 개선되는지, 냉난방비가 절약되는지는 잘 모르겠다. 어쨌든 나는 이용자 입장에서 회전문이 불편했다. 그래서 회전문이 있어도 옆에 미닫이문이 있으면 그 문으로 드나들기 일쑤였다.

언젠가 친구를 기다리며 건물 입구에 앉아 있다가 회전문을 유심히 관찰하게 되었다. 안으로 들어오는 사람과 밖으로 나가는 사람이 동시에 회전문 안에서 빙글빙글 돌면서 교체되었다. 나는 안쪽에 있었기 때문에 나가는 사람의 뒷모습과 들어오는 사람의 앞모습을 볼 수 있었다. 가만히 보고 있자니 마술쇼를 보는 느낌이었다. 한 사람이 들어가면 완전히 다른 사람이 되어 나왔다. 아줌마가 들어갔는데 문이 빙글 도니 여학생이 나왔다. 아저씨가 들어갔는데 아기를 업은 새댁이 나왔다. 짧은 치마를 입은 아가씨가 들어갔는데 교복을 입은 남학생이 나왔다. 그것이 신기해서 들어간 사람과 나온 사람을 보면서 계속 웃었다.

그리고 가만 보니 회전문을 어려워하는 것은 나만이 아니었다. 회전문 앞에서 자연스럽게 문으로 끼어들지 못해 얼굴을 뒤쪽으로 뺀 채 타이밍을 세듯이 문을 반 바퀴쯤 먼저 보내는 사람이 의외로 많았다. 회전문이 멈춰 있다면 문제가 없지만 반대쪽에서 누군가 움직이기 때문에 자신의 의지와는 상관없이 회전문에 뛰어들지 못한다. 사람들은 회전문 앞에서 자신이 들어갈 타이밍을 세고 있었다.

회전문 앞에서 마음이 조급할 때는 몰랐는데 멀찍이 떨어져서 지켜보니 회전문의 속도는 생각보다 빨랐다. 그래서 한 타임쯤 놓쳐도 금방 차례가 다시 돌아왔다. 괜히 내 차례를 놓치면 뒷사람에게 큰 피해를 준다는 생각에 회전문 앞에서는 항상 마음이 급해지곤 했는데 이제 보니 꼭 그렇지는 않았다.

이것은 중요한 깨달음이었다. 자동화된 것들이 마음을 조급하게 한다며 구시렁대면서도 항상 그 속도에 맞추기 위해 달렸다. 그러다 보니 타이밍을 맞추기 위해 마음은 더 조급해졌고 발은 엉켰다. 그동안은 무조건 그 속도에 맞춰야 한다고만 생각했지 그 속도가 너무 빠르다는 생각은 해보지 못했다. 그런데 알고 보니 내 마음이 조급했던 것은 내가 너무 느리거나 둔해서가 아니라 그것들이 너무 빨라서였다.

내가 조금 느려도 곧 다음 차례가 온다. 마음이 급해서 다음 차례를 기다리는 시간이 길게 느껴졌던 것이지 실제로 그 시간은 10초 아니, 5초도 되지 않는다. 그 짧은 시간을 지체하는 것도 뒤에 길게 줄서 있는 사람들 때문에 마음이 급해지곤 했다.

예전에 동물원에 갔을 때 리프트 타는 곳에 서서 리프트에 올라타는 사람들을 지켜본 적이 있다. 리프트를 탈 때는 가만히 서 있다가 뒤쪽에서 밀려오는 리프트가 엉덩이 밑까지 들어오면 자연스럽게 앉으면 된다. 그런데 리프트가 어디쯤 왔는지, 언제쯤 앉아야 되는지 난생 처음 해보는 일에 타이밍을 맞추는 것이 어렵다. 옆에서 도와주는 아르바이트생은 친절했지만 답답하다는 눈빛으

로 그들의 엉거주춤을 바라봤다. 나 역시 기계의 시간에 맞춰 사람들이 움직이는 것이 재미있으면서도 어쩐지 짠했다.

그러고 돌아보니 내 마음이 급했던 것은 내 움직임을 기계의 타이밍에 맞추려 한 탓이었다. 기계가 사람의 속도에 맞추는 것이 아니라 사람이 기계의 속도에 맞춘 탓이었다.

기계의 속도는 사람들 사이의 또 다른 규칙이 됐다. 횡단보도의 신호가 반쯤 지나갈 무렵 신호등이 20부터 아래로 카운트다운을 시작하면서 내 발걸음을 재촉한다. 내 걸음이 느리다고 중간에 멈춰 서서 다음 신호를 기다릴 수는 없다. 어서 횡단보도에서 벗어나서 자동차가 지나가게 해줘야 한다. 그러니 도시에서 느긋함이란 절대 허락될 수 없는 게으름과 같다.

나는 내 주변의 일상이 빠르게 돌아가고 나 혼자 호흡을 맞추지 못할 때면 아예 한 박자를 멈춰 선다. 지하철문이 열리고 닫히는 채 1분도 안 되는 시간 동안 얼마나 많은 사람들이 내리고 타는지를 가만히 지켜본다. 그리고 가만히 그들의 속도를 느껴본다. 사람의 속도가 아니라 기계의 속도를, 그리고 그 속도에 맞추기 위해 아등바등 정신없는 사람들의 분주함을 살펴보곤 한다.

그 속도의 흐름을 타고 흘러가면서 그 속도에 맞춰야 된다는 생각에 급급했지 모든 것이 너무 빠르다는 생각을 해보지 못했다. 가만히 멈춰 서야만 그 속도를 제대로 느낄 수 있다. 아예 멈춰 서보면 따라갈 수 없는 속도로 달리고 있다는 것을 알 수 있다. 그러니 가끔 속도를 맞출 수 없는 빠른 속도에 어지러울 때면 가만히 멈춰 서서 달려가는 것들의 속도를 느껴보아야 한다. 그것이 기계의 속도라면 더욱더.

　회전문 앞에서도 한 타임 쉬고 들어가니 훨씬 안전하게 공간 속으로 뛰어들 수 있다. 기계의 속도에 맞출 때는 다른 사람들에게 피해를 안 줄 정도, 내가 다치지 않을 정도면 충분한 것 같다. 그들의 속도에 완벽하게 맞추기에는 세상의 초시계가 너무 빠르다. 놓쳤다면 한 박자 쉬고 다음 차례를 기다려도 될 일이다. 어차피 다음 차례도 곧 올 테니까.

　너무 빨라 내가 쫓아갈 수 없는 것들을 잡으려고 하지는 말아야겠다. 나는 내 속력으로 달려가련다. 그들이 달려가는 속도를 그대로 두고 나는 다음 차례를 기다려야겠다.

하루를 가볍게
사는 방법

가 방

아, 정리가 안 돼. 정리가!

엄마랑 언니는 절대 이해하지 못하지만.
아무리 정리해도 내 가방의 물건들은
줄어들 기미가 안 보인다구.

이런 내가 스스로도 답답한데,
옆에서 보는 사람들은 오죽할까?

내 가방을 가볍게 할 수 있는 방법 없을까?

길 위에 시간이 펼쳐지고 시간 속으로 길들이 이어진다.
눈 앞에 걸어야 할 길과 만나야 할 시간들이 펼쳐져 있는 사실만으로
여행자는 충분히 행복하다.

곽재구, 《곽재구의 포구기행》

 사람들이 매일 들고 다니는 가방에 무엇이 들어 있는지 궁금하다. 그 가방 속을 들여다볼 수 있다면 작게는 그 사람의 하루일과나 일상생활을 짐작해볼 수 있고 크게는 요즘 유행하는 트렌드를 알 수 있을 것 같다. 칫솔이나 추리닝 같은 잡동사니가 들어 있다면 가방 주인이 집이 아닌 곳에서 1박을 했음을 짐작할 수 있다. 이동 중일 때 음악을 듣는 사람이 많은지, DMB를 보는 사람이 많은지, 책을 읽는 사람이 많은지, 아무 생각 없는 사람이 많은지도 알 수 있다. 사람들이 들고 다니는 가방 속의 물건들을 맞추고 다듬어 이야기를 만들면 가장 사적이면서도 가장 일반적인 사실들을 알 수 있을 것 같다.

언젠가 아침 프로그램에서 가방을 들고 다니는 올바른 자세에 대해 이야기를 한 적이 있다. 자세에 대한 이야기를 하기 전에 여자들이 들고 다니는 가방의 무게가 얼마나 되는지 확인해봤다. 아무 생각 없이 들고 다니는 가방이 우리의 손목 혹은 어깨에 얼마나 부담을 주고 있는지 알기 위해서였다. 거리에 저울을 두고 지나가는 여자들의 가방 무게를 무작위로 재봤더니 가방의 평균 무게는 약 2.5킬로그램 정도였다. 3킬로그램이 훌쩍 넘는 가방을 들고 다니는 여자들도 많았다. 헉! 하루 종일 세탁용 가루세제 한 박스를 팔목 혹은 어깨에 메고 다니는 셈이다.

그중 몇 명은 자신의 가방을 열어 그 안을 화면에 잠깐 비춰줬다. 대부분 화장품과 지갑, 각종 노트나 다이어리, MP3와 휴대용 티슈 같은 물건이 나왔다. 좀 특이하게 해가 쨍쨍한 날에 우산을 넣어 다니는 사람이 있었는데, 그는 일주일 전 비 오는 날 넣어두었다가 아직 정리하지 못했다며 수줍게 웃었다.

가장 쇼킹한 여자는 헤어드라이어가 가방에서 나왔다. 어제 급히 나오느라 머리를 말리지 못해서 아예 헤어드라이어를 가지고 나왔는데 오늘까지도 정리하지 못한 채 가방에 넣어 다니는 것이었다. 어떤 가방에서는 언제 먹었는지 모를 과자 봉지며, 사연을 알 수 없는 알약 뭉텅이가 발견되기도 했다. 가방 안에 이어폰 줄이 뒤엉켜 뭐가 들었는지 찾을 수 없는 사람도 있었다. 보면서 웃기기도 했고, 나만 그런 것은 아니구나 하는 안도감도 들었다.

만약 내 가방의 무게를 쟀다면 아마 내가 챔피언이 됐을 것이다. 그리고 가방 안을 비췄다면 나조차도 몰랐던 물건들이 쏟아져 나왔을지도 모른다.

나 또한 가방에 온갖 물건을 담고 다닌다. 오늘 꼭 필요한 물건만이 아니라 왠지 필요할 것 '같은' 물건들도 모두 챙겨야 안심이 된다. 화장도 별로 하지 않는 아이가 혹시나 저녁에 중요한 자리에 가게 될 것 '같아서' 아이섀도에 마스카라까지 챙기고 다닌다. 에어컨 바람에 추울 것 '같아서' 카디건을 챙겨 넣고, 이동 중에 읽고 싶을 것 '같아서' 책도 넣고 다닌다. 그러니 내 가방은 휴대전화가 들어갈 공간이 없을 만큼 꽉 차고 빵빵하다.

뿐만 아니라 어제 필요했던 물건들까지 정리하지 않은 채 들고 다닐 때도 많다. 필요한 물건들은 대부분 미리 가방에 담아 다니기 때문에 다음 날 필요한 물건을 확인할 필요가 거의 없다. 한번 가방 안으로 들어간 물건은 좀처럼 가방에서 꺼내지 않았다. 내 가방은 필요 없는 것은 빼지도 않은 채 필요한 물건이 계속 추가되기만 한다. 그러다 보니 며칠 아니, 몇 달째 같은 짐을 들고 다녔다.

온갖 잡동사니들을 넣고 다니다 보니 내 가방은 항상 크다. 큰 만큼 더 많은 물건을 챙기게 되고, 무게는 점점 더 무거워진다. 한 번은 가방을 사면서 친구와 작은 실랑이를 한 적이 있다. 친구는 내가 키도 작고 체구도 작으니까 작은 가방을 귀엽게 메고 다니라고 했다. 하지만 나는 작은 가방은 불편하다며 굳이 내 몸만 한 가방을 사 들고 왔다. 큰 가방이라야 필요한 것을 모두 넣을 수 있고, 그래야 정리하지 않고 오랫동안 들고 다닐 수 있다. 나는 그렇게 많이 들어가는 큰 가방이 좋다고만 생각해왔다. 다섯 평짜리 방을 넓게 쓰려면 벽을 허물어서 10평으로 만들 것이 아니라 방에 있는 것들을 비워내야 마땅하거늘, 어리석게도 더 큰 방을 만들고 그곳을 또다시 꽉 채우려고 한다.

방송을 보고 나서 생각해보니 나 또한 매일 어깨나 손목에 적지 않은 무게를 얹고 다니고 있었다. 내가 집을 나설 때 드는 가방은 하루 일과를 마치고 다시 집으로 돌아올 때까지 들고 다녀야 하는 짐이다. 그러니 내 가방의 무게는 내 하루의 무게라고 해도 과언이 아니다. 매번 정리하는 일이 귀찮아서 그 짐을 하루 종일 들고 다녔다. 낫을 가는 것이 귀찮아서 매일 제대로 잘리지도 않는 낫으로 벼를 베는 게으른 농부와 같은 꼴이었다. 조금만 정성 들여 낫을 갈아놓으면 다음 날 훨씬 쉽게 일을 할 수 있는데 당장 눈앞에 보이는 일을 피하기 위해 매일 쓸데없이 에너지를 낭비하는 것이다.

"정리해야겠다!"라는 큰 결심을 했다. 그동안은 아무 생각 없이 엄청난 무게의 가방을 들고 다녔지만 스스로에게 주는 부담이 그렇게 크다는 것을 알게 된 이상 더 이상 그대로 둘 수 없었다. 게다가 매일매일 가루세제 한 박스라니. 조금이라도 짐을 정리하고 부담을 덜어줘야 했다.

그런데 문제는 그다음이었다. 가방의 무게를 줄이고 싶었지만 아무리 정

리해도 무게는 줄지 않았다. 내가 들고 다니는 물건 하나하나를 보면 쓸데없는 것이 하나도 없었고 모두 나름의 필요가 있었다. 가방 속의 카디건을 꺼내려 하면 카디건을 쓸 일이 생각난다. 그래서 다시 가방 속으로. 화장지를 꺼내려 하면 중요한 순간에 화장지를 유용하게 썼던 기억이 난다. 다시 가방 속으로. 화장품을 꺼내려 하면 화장품을 쓸 일이 생길 것만 같다. 다시 가방 속으로. 이러다 보니 물건은 하나도 비워지지 않는다. 가방을 정리하고 보면 영수증이나 만료된 쿠폰 정도의 쓰레기만 버려지고 나머지 물건들은 모조리 다시 가방 안으로 들어갔다. 가방을 정리한답시고 한 시간 넘게 물건을 넣다 뺐다 했지만 시간만 낭비하고 힘만 뺐지 가방의 무게는 줄어들지 않았다.

그러다가 예전에 하숙할 때 같이 방을 썼던 친구가 생각났다. 그 친구는 집에 오자마자 옷도 벗지 않고 가방 안의 모든 물건을 꺼내 원래 자리에 정리하는 습관을 갖고 있었다. 그리고 외출할 때면 가방을 들고 필요한 물건을 하나씩 챙겼다. 매일 비슷한 물건을 들고 다니면서 왜 매일 저렇게 넣었다 뺐다를 반복하나 의아하고 궁금했는데 혹시 거기에 가방 정리의 비결이 있을지도 몰랐다.

나도 그 친구처럼 가방을 정리해보기로 했다. 가방에 있는 물건을 다 꺼내 원래 위치에 정리해놓는다. 그리고 '내일 내가 어디 가지?'를 중심에 놓고 '그럼, 이것 이것 이것이 필요하겠다'고 생각해서 하나씩 챙겨 넣었다. 다 채워진 가방에서 하나하나 물건을 빼는 것이 아니라 아예 빈 가방을 들고 필요한 것을 하나씩 채워가는 방식이다. 신기하게도 가방은 비워졌다. 그리고 정말 필요한 물건 외에는 들어가지 않게 됐다. 쓸데없이 들고 다녔던 수많은 물건은 내일의 가방을 꾸리는 데 아예 고려 대상도 되지 않았다.

비우지 못하는 이유는 이미 갖고 있는 것 중에 버릴 것을 찾기 때문인지도 모른다. 이럴 때는 아예 비우고 처음부터 채워 넣어야 한다. 여기에는 아주 중요한 차이가 있다. 두 손에 쥐고 있던 것을 버리는 일은 쉽지 않다. 가방에 들어 있는 물건을 보면 그 물건을 쓸 만한 정당한 구실을 만들곤 한다. 그 물건이 눈에 보이는 이상 꼭 필요한 상황이 떠오를 수밖에 없다. 그러니 모든 것을 원점으로 돌려놓고 필요하지 않은 물건은 아예 가방에 넣을까 말까를 생각조차 하지 말아야 한다. 모든 것을 원점으로 돌려놓지 않으면 언젠가 한 번 필요했던 기억 때문에 반복해서 집어넣게 된다. 그러니 갖고 있던 것을 하나씩 비워

내는 대신 완전히 비운 다음 필요한 물건을 하나씩 채워 넣는 식으로 정리해야
한다.

올 겨울에는 내 방도 이렇게 청소해볼까 한다. 책이든 옷이든 매번 버려
야지 버려야지 하면서도 다 정리하고 보면 다들 제자리로 돌아와 있다. 모두
나름의 필요와 사연을 갖고 있기 때문에 방 정리를 해도 버리지 못하는 것이
다. 내 방도 버릴 것을 찾는 대신 한꺼번에 밖으로 몰아내고 꼭 필요한 것들만
다시 들이는 방식으로 비워야겠다. 가벼운 가방의 산뜻함을 내 방에서 느끼고
싶다.

내가 얻고 싶은 것은 사실 가벼운 가방이 아니라 그 가벼운 가방이 주는
것이다. 온갖 잡동사니가 들어 있는 가방은 정리되지 않은 나의 일상을 말해주
는 것 같다. 무엇을 해야 할지, 어디로 가야 할지도 정하지 않은 채 어제의 일
들이 오늘까지 이어져서 그 무게를 고스란히 들고 다녔던 것이다.

이제 나는 내 하루를 꼼꼼히 재단하고, 내 하루에 맞는 가방을 들고 다닌
다. 내 인생 혹은 한 달치 스케줄이 통째로 들어 있는 무거운 가방 대신 하루만
큼의 짐을 들고 다닌다. 가벼워진 가방만큼 내 하루도 가벼워진다.

죽을 때까지
젊어지는 사람들

빼 빼 로 데 이

스물네 살 때 일기를 읽다가
어디서 베껴 적었는지, 그때의 다짐이었는지 모를 짧은 글귀를 만났다.

"나이에 'ㄴ'이 들어가기 전에 모든 것을 해보자."

아아, 그랬구나.
서른, 마흔, 쉰, 예순, 일흔, 여든, 아흔
모두 나이에 'ㄴ'이 들어가 있었구나.

이십대가 가진 가능성은
백 살까지 산 사람들만이 누릴 수 있는 행운과 같은 것이구나.

곧 마흔 살을 눈앞에 둔 나이였기 때문일까.
나는 성적 차별보다 지적 열정을 나이에 따라 구획하는
그 같은 습속의 기제가 더 갑갑하게 느껴졌다.
언제든 다시 시작할 수 있어야 하지 않을까.
아니, 꼭 그렇게 되어야 한다.

고미숙, 《아무도 기획하지 않은 자유》

 한 해를 마무리하고 내년 계획을 발표하는 자리에서 "한 해가 갔다, 한 살만큼 더 늙었다"로 시작하는 글을 읽었다. 그 글을 읽으면서 '어? 나는 한 살만큼 더 젊어졌는데' 라는 생각이 들었다. 똑같이 한 살을 먹었는데 누구는 더 늙고 누구는 더 젊어졌다. 그 글을 쓰신 분이 50대 후반이고 나는 30대 초반이니까 그 사이 언젠가부터 우리는 한 살을 더 먹으면 늙는다는 생각을 하게 되는 것 같다. 그렇다면 우리는 몇 살까지 젊어지고 몇 살부터 늙기 시작할까? 모두가 똑같은 타이밍에 그런 생각의 전환점을 갖게 되는 걸까? 그 기준은 무엇이고 누가 정하는 걸까?

우리가 늙어간다고 생각하게 되는 결정적인 계기는 주로 겉모습이다. 나도 아침에 세수를 했는데도 베개 자국이 지워지지 않던 날 이제 늙어가는구나 싶어 우울했던 기억이 있다. 처음에는 뭔가 묻었다고 생각하고 폼클렌징을 짜내 열심히 닦았다. 하지만 잠자리에서 일어나자마자 혹은 세수만 하면 금세 멀쩡해지던 내 피부도 이제는 탄력을 잃었는지 좀처럼 원상복귀가 되지 않았다. 괜히 우울해하는 내게 옆자리의 언니는 깔깔 웃으며 이렇게 말했다. "야, 그래도 지금은 괜찮지. 더 나이 들어봐. 반나절이 지나도 안 펴질걸."

사람들은 새치가 늘거나 머리숱이 조금씩 줄 때, 목주름이 칼자국처럼 선명해질 때, 눈주름이 늘어갈 때, 배가 나오기 시작할 때, 비 오는 날 팔다리가 욱신거릴 때, 얼굴에 기미나 검은 반점이 생길 때, 밥 먹다가 밥풀을 흘릴 때 늙어가는구나 생각한다. 조금씩 빠지던 머리카락이 바코드처럼 남을 때, 말짱하던 이빨이 갑자기 덜컥 떨어질 때, 검은 머리보다 흰 머리가 많아질 때, 그런 때가 내게는 오지 않으리라 믿고 싶다. 하지만 언젠가 그런 순간이 나를 찾아올 것이고 그때 나는 세월의 힘 앞에 무너질 것이다.

사람은 나이가 든다고 해서 겉모습이 바로 변하지는 않는다. 개구리나 나비처럼 어렸을 때의 모습과 완전히 다른 모습이 되지는 않는다. 사람은 아이든 어른이든, 젊은 사람이든 나이든 사람이든 똑같이 눈 두 개, 코 하나, 입 하나, 팔다리 각각 두 개씩이다. 물론 사이즈가 점점 더 커지고 등은 좀 굽고 피부에는 주름이 생기겠지만 생김새 자체가 달라지지는 않는다. 마음먹기에 따라서 10년쯤은 훌쩍 뛰어넘을 수 있다.

이런 가능성은 젊어 보이고 싶은 사람들의 욕구를 제대로 자극한다. 이마에 볼륨을 넣고, 눈을 더 크게 찢고, 양 볼에 힘을 주고, 앞머리를 짧게 일자로 자른다. 조금이라도 어리게, 조금이라도 젊게 보이려고 겉모습을 바꾸려 애쓴다. 그렇게 조금만 바꾸면 다른 사람들에게 젊어 보인다는 말을 들을 수 있기 때문이다.

꼭 그런 성형까지는 아니더라도 젊어 보이고 싶은 것은 모든 사람의 꿈이요 소망이다. 나이든 사람에게 할 수 있는 최고의 칭찬은 '젊어 보인다'는 말이다. 남자든 여자든 어려 보인다는 말은 어색한 분위기를 화기애애하게 만들 수 있을 만큼 기분 좋은 칭찬이다.

나도 서른이 넘으면서부터는 내 나이를 정확히 맞히는 사람을 증오하기도 한다. 처음 만난 사람들이 있는 자리에서 "몇 살처럼 보여?"라고 묻는 사람을 가장 싫어하면서도 언제부터인가 나도 누군가를 만나면 "몇 살처럼 보여?"를 반복해서 묻고 있었다. 내 나이보다 조금이라도 어리게 이야기해주길 바라는

마음을 표정에 가득 담고서 말이다. 그리고 이제는 누군가 내게 나이를 맞춰보라고 하면 실제 보이는 나이보다 네다섯 살쯤 어리게 말한다. 돈 안들이고 기분 좋게 해줄 수 있는 쉬운 방법이기 때문이다.

내 지인 중에 계속 젊어지는 할아버지가 있다. 작년에 66세였으니 올해는 67세이다. 할아버지 말로는 어렸을 때 공부를 아주아주 잘했으나 가정 형편 때문에 학업을 포기하고 평범하게 농사를 짓고 계시다. 뭐, 공부를 잘했다는 얘기는 누구든 간직하고 있는 영웅담 정도로 받아들이면 나머지 이야기는 그저 그런 아저씨 혹은 평범한 할아버지의 이야기와 다를 바가 없다.

작년 빼빼로데이에 아는 사람들에게 문자를 보냈다. "빼빼로데이인데 빼빼로 많이 드셨어요?" 그러고는 빼빼로 그림이 그려진 이모티콘을 같이 보냈다. 커뮤니티에서 만난 한 아저씨는 "그런 것은 젊은애들이나 즐기는 것이지요"라며 아무도 자기를 아는 척하지 않는다는 답장을 보내왔다. 이 할아버지에게서는 "빼빼로데이가 뭐예요?" 하고 솔직한 답장이 왔다. 11월 11일은 길쭉한 1자가 네 개나 겹치는 날이라서 빼빼로데이라고 부른다고, 빼빼로를 팔려고 만든 날이지만 사람들은 알면서도 다같이 빼빼로를 사 먹는다고 답장을 보냈다. 그랬더니 할아버지는 나름 진지한 문자를 보내왔다. "아, 재밌네요. 내년에는 나도 꼭 빼빼로를 사 먹어봐야겠어요." 그 모습이 정말 귀엽기도 하고 순진하기도 해서 빙긋 웃음이 났다.

그 문자를 가만히 들여다보다가 '그럼, 내년에는 할아버지가 좀 더 젊어지시겠네' 라는 생각이 들었다. 그렇다. 올해는 알지도 즐기지도 못했던 빼빼로데이를 내년에는 사람들과 같이 즐기면 분명 더 젊어질 것이다. 아저씨가 이야기했던 대로 빼빼로데이가 젊은 사람들이나 즐기는 것이라면 그날을 즐기는 할아버지는 올해보다 더 젊은 사람이 될 것이다. 모를 때는 몰라서 못 즐겼지만 알고 있는 한 같이 즐기려는 마음만 있다면 할아버지는 계속 더 젊어질 것이다. 반면에 빼빼로데이는 젊은 애들이나 즐기는 것이라며 자신과는 상관없는 일이라고 했던 아저씨는 어쩔 수 없이 한 살만큼 더 늙을 것이다. 내년이 되어도 젊은 사람들이 즐기는 것들과는 한 발자국 멀어질 테니까.

우리가 늙어가는 이유는, 혹은 젊은 사람들과 어울리지 못하는 이유는 무언가를 몰라서가 아니다. 오히려 너무 많은 것들을 알고 있어서이다. 빼빼로데이가 무엇인지 몰라서가 아니라 내 나이에는 그런 걸 즐기면 안 된다는 고정관념을 가져서이다. 그것이 무엇인지 잘 알면서도 같이 즐길 수 없는 마음 때문에 늙어가는 것이다. 스스로의 생각에 갇혀 그걸 즐길 수 없는 것이다. 그 순간 우리는 늙기 시작한다.

연세가 지긋하신 할아버지가 문자 메시지를 보낼 줄 몰라서, 베스킨라빈스가 무엇인지 몰라서, 이메일을 보내거나 확인할 줄 몰라서, 유행어를 알아듣지 못해서 젊은 사람들과 어울리지 못하는 것이 아니다. 그것을 같이 즐기기에는 이미 너무 많은 것을 알고 있어서 어울리지 못하는 것이다. 제 나이에 맞는 행동이 어떤 건지도 알고, 사람들의 기대에 어긋나게 행동했을 때 어떤 반응이 나올지도 알고, 때로는 주책이라는 표현이 불편하기도 하다. 사회적 지위와 체면 때문에 우리는 모든 움직임에서 자유롭지 못하다. 젊은 사람들과 똑같은 것이 주어지지만 고정관념과 선입견 때문에 즐기지 못한다. 너무 많은 선들을 그어놓고 그 선을 절대 넘지 않으려는 머뭇거림 때문에 늙어간다.

고정관념이나 선입견이 위험하다는 것을 알면서도 바로잡거나 깨부수기가 쉽지 않다. 우리가 가장 경계해야 할 것은 "그건 젊은 사람이나 하는 거지", "에이, 내가 어떻게 그런 걸 해"라는 마음가짐이다.

나도 가끔은 도저히 이해할 수 없는 젊은 사람들의 문화를 만나곤 한다. 대학생들의 옷차림이며 버스에서 만난 고등학생들의 언어들을 이해할 수 없을 때가 있다. 그럴 때면 내 목에서 처음으로 굵고 선명한 주름을 발견했을 때보다 더 내가 늙어간다는 생각을 하게 되기도 한다.

젊어지는 방법은 생각을 비우는 방법밖에 없다. 나를 자유롭지 못하게 하는 고정관념, 선입견을 버려야 한다. 빼빼로데이는 아이들의 날이라고 누가 정했던가? 아줌마는 혼자서 여행을 가면 안 된다는 기준은 누가 만들었던가? 늙지 않으려면 끊임없이 고정관념들을 버려야 한다. 걱정도 생각도 지나치게 많다. 갖고 있던 생각을 버린다는 것은 아예 없는 상태에서 시작하는 것보다 더 어렵다. 하지만 불가능한 일은 아니기에 포기해서는 안 된다.

우리는 많은 사람들을 만나고 그보다 더 다양한 일을 함께하면서 살아간다. 그런데 나이가 들어가면서 편견과 선입견에 의해 내가 해야 할 일과 하지 말아야 할 일들이 먼저 필터링 된다. 그리고 그것을 바탕으로 생각하고 행동한다. 우리는 그 고정관념 때문에 많은 것들을 경험하지 못한다. 젊은 사람 나름의 문화가 있고 내가 절대 거기 끼어들 수 없다고 생각한다면 더 이상 젊어질 기회가 없다. 우리가 경험할 수 있는 것들은 훨씬 다양해졌다. 하지만 내 나이에 맞는 일들과 해야 하는 일들이 고정되어 있으면 다양한 것들을 해볼 수 없다.

스무 살에만 하고 싶은 일이 많은 것은 아니라는 사실에 누구든 동의할 것이다. 어린 시절 가졌던 빛나는 그 무엇이 아직 마음속에 남아 있다면 우리는 충분히 젊어질 수 있다. 나이를 탓하며 세상과 등을 지기에는 남은 인생의 기회가 너무 많다.

나도 어느 순간 늙기 시작하겠지. 내 마음속에서가 아니라 사람들 눈 속에서. 하지만 내 마음속에서만은 죽을 때까지 젊어지는 사람이 되고 싶다. 곱게 늙어가는 사람도 좋지만 나는 그보다는 밝게 늙어가는 사람이 되고 싶다.

그래. 그렇지.
목표를 이뤄내는 것만큼
걸어가는 과정도 중요하지.

잘 알고 있는데도
기뻐하고 뿌듯해하는 환희의 순간을 돌아보면
모두 원하는 것들을 이뤄낸 결과만을 두고
기뻐하고 있었다.

그러니까 자꾸 반복해 읽으면서 다시 생각나게
하는 수밖에 없지.
"목표를 이뤄내는 것만큼 걸어가는 과정도 중요하다!"

큰 행복 속에
작은 행복 찾기
잘 따른 맥주 한잔

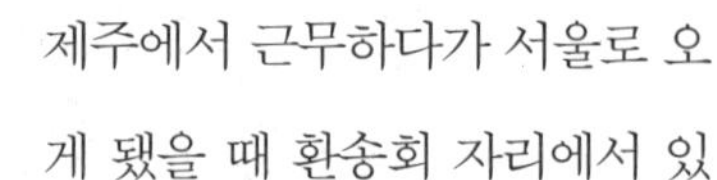제주에서 근무하다가 서울로 오게 됐을 때 환송회 자리에서 있었던 일이다. 헤어지는 자리였지만 술판은 신났다. 부어라 마셔라 외쳐대며 한창 술을 마시다가 한 동료가 즉석 제안을 했다. 이 자리에 모인 사람들이 2만cc 이상의 맥주를 마시면 술값은 자기가 낸다는 것이었다. 3천cc짜리를 일곱 개 먹으면 된다는 제안이었다. 그때 모인 사람이 여덟 명이었고 이미 3천cc짜리를 두 개 먹은 상태였다. 우리는 이래저래 머리를 굴리면서 각자 마셔야 할 술의 양을 계산해보고 좋다고 했다. 한 사람이 2,500cc씩 먹으면 됐기에 어려운 일이 아니라고 생각했다. 설사 목표를 이루지 못하더라도 어차피 내야 할 술값이니 손해볼 일은 없었다.

그 제안을 했던 동료는 그때부터는 술을 한 모금도 마시지 않았다. 그는 입이 바짝바짝 탄다는 농담을 하면서 계속 얼음물만 마셨고 술은 절대 입에 대지 않았다. 목표 달성을 조금이라도 어렵게 하려는 심산이었다. 그 동료는 사람들이 술을 마실 때마다 한 톨도 남김없이 쭉쭉 빨아 마시라고 했다. 더 더 더 더 더를 반복하면서 거품까지 말끔히 먹으라고 했다. 하도 강조해서 잔까지 씹어먹을 지경이었다. 어차피 그 잔에 술을 다시 따르면 마찬가지일 테지만 그 동료는 한 사람 한 사람이 술잔을 비울 때마다 간섭을 하고 토를 달았다.

갑자기 술을 따르고 마시는 속도가 빨라졌다. 잔을 빠르게 채우기 위해 대충 따르다 보니 맥주잔의 반은 거품으로 채워졌고 술이 넘쳐흐르는 경우도 많았다. 술이 넘칠 때마다 동료는 큰 소리로 술을 아끼라는 말을 반복했다. 시간 제한이 있는 것은 아니었지만 약간의 취기가 승부욕에 불을 질렀고 우리는 마음이 급했다.

그리고 그때부터 술은 모두 그 동료가 따라줬다. 그는 주유소에서 거의 주유가 끝나갈 때면 연료가 찔끔찔끔 흘러나오듯이 천천히 맥주를 따랐다. 거품 하나 생기지 않도록, 술잔을 입으로 옮기는 동안 조금도 흘리지 않도록 딱 적당한 양을 따랐다.

한 사람 한 사람이 잔을 비울 때마다 우리는 지금까지 마신 맥주의 양을 더해가며 환호했다. 결국 우리는 한 시간이 채 지나지 않아 맥주 2만cc를 비웠다. 그날의 게임은 모두의 승리로 끝났고 동료는 15만 원 정도를 술값으로 냈다. 술집을 나올 때 우리는 대부분 취해 있었다. 취했다기보다는 배가 불러서 제정신이 아니었다. 그냥 마셔도 취할 양의 술을 우리는 너무 급하게 마셨다.

그때 누군가 말했다. "그런데 이렇게 미친 듯이 마시지 않았어도 되잖아. 15만 원이면 한 사람이 2만 원 정도만 내면 되는데. 게다가 게임이 아니었으면 2만cc씩이나 마실 일도 없었고. 우리가 취했나? 왜 그 짓을 했지? 아, 게임 때문에 술에 취한 것 같아. 정신없어 죽겠네."

되돌아보니 그러했다. 우리는 단체로 잠시 뭔가에 홀린 듯이 술을 마셨다. 게임을 하는 동안 우리는 목표 달성을 위한 이야기 외에는 거의 아무 말도 하지 않았다. 오고 가는 대화는 모두 술을 잘 마시기 위한 전략뿐이었다. 돈을 낸 동료가 천천히 정성스럽게 따른 맥주도 감상할 시간이 없었다. 평소 같았으면 잘 따랐다고, 정말 잘 따랐다고 박수를 쳐주었을 텐데, 우리는 그걸 감상할 틈도 없었다. 그저 느릿느릿 따른다며 동료를 타박했을 뿐이다.

목표를 향해 가느라 그 사이사이에 있었을 즐거움을 모두 잊었다. 동료가 천천히 정성스럽게 채워준 맥주를 단 한잔도 보지 못했다. 함께 먹었던 안주의 맛도 기억나지 않았다. 음악이나 분위기가 기억 안 나는 것은 당연했다. 환송회랍시고 모였는데 동료들과 제대로 이야기도 못했다. 술은 마시고 취하기 위한 것이 아니라 마시는 동안의 즐거움을 위한 것인데 아무것도 즐기지 못했다. 오로지 목표를 향해 달렸을 뿐.

행복에는 두 종류가 있다. 목표를 이루었을 때의 큰 기쁨과 목표를 향해 가는 동안 순간순간 느끼는 작은 행복들이다. 목표를 정해두고 정해진 시간 안에 목표를 달성하는 것은 기쁜 일이다. 하지만 목표를 향해 달려가느라 순간순간의 기쁨을 음미하지 못하는 것은 어리석은 일이다. 목표를 달성한 환희의 순간만큼 그곳을 향해 달려가는 순간도 중요하다.

그런데 되돌아보니 내가 기뻐하고 환호하던 순간은 항상 목표를 달성한 순간이었다. 걸어가는 순간순간에 재미있고 즐거운 일들이 있었을 텐데 제대로 느끼지 못하고 목표만을 향해 달려가곤 했다. 그러다가 목표를 달성하지 못했을 때는 아무런 의미 없는 삽질만 한 것으로 스스로를 평가하곤 했다. 걸어가는 길에서 즐거움을 느끼지 못했으니 결과만을 두고 기쁘거나 힘 빠지는 일은 당연한 결과이기도 하다.

결과만 중요시하는 사람은 마치 밥을 먹으면서도 맛 따위에는 신경을 쓰지 않는 것과 같다. 먹는 즐거움을 모두 무시한 채 무엇을 얼마나 먹든 배부른 느낌만 있으면 되기 때문이다. 자장면을 먹든 스파게티를 먹든, 고기가 부드럽든 질기든, 분위기가 좋은 레스토랑에서 먹든 아무도 없는 집에서 혼자 먹든, 찌개가 짜든 싱겁든 아무 상관이 없다. 배만 채워지면 되니까. 하지만 그래서

야 어디 살맛이 나겠는가.

스포츠 경기를 보는 일도 마찬가지이다. 결과만 알고 하이라이트만 보는 것은 반쪽짜리 감상이다. 아니, 반도 못 된다. 자신이 응원하는 팀이 이겼는지 졌는지만 중요하다면 스포츠를 보는 재미가 없다. 야구를 보면서 느끼는 9회말 투아웃, 만루, 1점 차이, 2스트라이트 3볼 상황의 긴장감을 다 끝난 경기의 하이라이트를 보면서 어떻게 느끼겠는가? 개인적으로 야구 경기를 보는 또 한 가지 이유는 쓰러지는 사람의 표정을 볼 수 있기 때문이다. 쓰러지는 사람의 표정에는 숨길 수 없는 진실이 담겨 있다. 그 표정은 하이라이트에서는 절대 볼 수 없다. 경기 중간중간에 1루를 향해 헤드퍼스트 슬라이딩을 하거나 1루에서 2

루로 또는 2루에서 3루로 도루하는 모습을 느린 화면으로 보여준다. 그때 선수들이 보여주는 표정은 그야말로 다이나믹하다. 그렇게 진심이 드러나는 표정에서 최선을 다하는 마음들을 느낄 수 있어서 좋다. 언젠가 기회가 된다면 쓰러지는 사람들의 얼굴을 찍은 사진집을 내고 싶다. 그리하여 힘든 일로 넘어지려는 사람들, 물리적으로 넘어지는 것이 아니라 심리적으로 쓰러지려는 사람들에게 희망을 주고 싶다.

책을 읽을 때도 빨리 읽고 리뷰를 써야 한다는 생각에 책 속에 있는 문장 하나하나를 되새기지 못했다. 한 줄의 감동이 다 가기 전에 그저 빨간 밑줄을 그어놓고 다음 줄을 읽기 바빴다. 빠르게 스쳐 지나가느라 그것들을 마음에 담고 음미할 시간을 주지 못했다. 항상 내 책장에는 읽어야 할 책들이 쌓여 있어서 그것들을 빨리 읽는 것만이 나의 목표이자 즐거움이었다. 한 권이라도 더 많이 읽을 욕심에 제대로 읽지 못한 책이 수두룩이다. 심지어 저자가 서문에서 이 책은 한꺼번에 읽지 말고 천천히 읽어달라고 부탁한 책도 빠르게 책장을 넘기며 하루 만에 다 읽어냈음을 자랑으로 생각했다. 이제 나는 책을 읽다가 감동이 오는 순간이면 잠시 책을 덮는다. 그 말을 머릿속에 두고 몇 번을 되새겨본다. 가만히 혼자 중얼거려보기도 하고 가만히 누워서 생각해보기도 한다.

결과만을 따지다 보면 순간순간 느끼는 작은 행복들을 모두 놓치기 쉽다. 무슨 일을 이루어갈 때 목표 그 자체보다는 과정에서 얻는 것도 많다. 그러니 큰 것을 얻지 못하더라도, 목표한 것을 모두 얻지 못하더라도 그 사이사이에 느꼈을 행복들을 음미해야 한다.

목표를 달성하는 것만큼이나 목표를 향해 가는 동안의 행복도 중요하다.

걸어가는 과정 하나하나에 즐거움을 느끼면서 걸어가면 원하는 것을 이루지 못하더라도 크게 실망하거나 좌절하지 않을 것이다. 목표를 이루고 나서는 '겨우 이거야?' 하는 허무함도 훨씬 덜할 것이다. 잘 알면서도 막상 달리는 길 위에 서면 종종 잊곤 한다. 그러니 자꾸 반복해서 기억해야 한다.

그날 그 자리에 모였던 우리는 2만 클럽이라는 모임을 결성했지만 더 이상 술 마시는 게임은 하지 않는다. 많은 양의 맥주를 비워내는 것도 중요하지만 맛있게 즐겁게 마시는 것이 더 중요하다는 사실을 알기 때문이다. 잘 따라진 맥주 한잔을 칭찬하며 즐거워하는 것도 기쁨임을 이제는 안다. 우리가 진짜 얻고 싶었던 것은 그 자리에 모였던 마음이고, 그 시간 속에서 친구들과 나눈 이야기이고, 잘 따라진 맥주 한잔에 환호하는 그 순간이다. 그 느낌들을 하나도 놓치지 않고 꼬박꼬박 챙기며 걷고 싶다.

목표를 달성하는 것만큼이나 목표를 향해 가는 동안의 행복도 중요하다.

모험심이 강한 사람은 건강을 해칠 정도로 위험하지 않은 한도 내에서
난파, 폭동, 지진, 화재를 비롯해서 모든 종류의 불쾌한 경험들을 즐긴다.
이런 사람들은 지진을 만나면 "그래. 이게 바로 지진이란 거구나"라고 중얼거리고,
이 새로운 경험 덕분에 세계에 대한 지식이 늘어났다며 즐거워한다.

버트런드 러셀, 《행복의 정복》

언젠가 이런 생각이 든 적이 있다.
위험하지 않은 병에 걸려
수술대에 누워서 수술실에 한 번 들어가 보고 싶어.

정말 큰 병을 앓고 있는 사람들에게는
몰매를 맞을 생각이지만
또 언젠가는 원치 않더라도 닥칠지 모를 일이지만

그런 일을 한번도 경험해보지 않은 나로서는
그 느낌이 어떤 것인지 너무도 궁금하다.

일탈과 이탈의
경계

싸움구경

나는 불 구경, 싸움 구경은 있을 때 해야 한다는 개똥철학을 갖고 있다. 이런 말을 농담반 진담반으로 이야기하면 어른들은 "에잇!" 하면서 혼내는 시늉을 하다가 이내 빙그레 웃고 만다. 그러면 나도 같이 따라 웃는다. 말이야 바른 말이지 구경하자고 일부러 불을 낼 수도 없고, 싸움을 붙일 수도 없는 노릇 아닌가. 그러니 있을 때 제대로 구경해야 한다.

내가 이런 생각을 갖게 된 것은 오래되지 않았다. 싸움이 났으면 말려야지 그걸 구경하느냐는 사람들이 많았고, 나는 그들의 시선에서 자유롭지 못했다. 가까운 친구들은 남의 일에 신경 쓰지 말고 빨리 가자며 나를 잡아끌기도 했다. 나는 사람들의 시선에 밀려 혹은 친구들의 손길에 이끌려 싸움 구경도 못하고 걸음을 재촉해야 했다.

혼자 길을 가다가 말다툼하는 현장을 목격하게 됐다. 5호선을 타고 여의도로 가는데 지하철 안에서 시비가 붙었다. 지하철이 급정거하면서 서 있던 남자가 앞에 앉아 있던 남자의 무릎 위에 앉았나 보다. 그냥 "죄송합니다"라는 한마디면 해결될 문제였는데 서 있다 쓰러진 남자도 기분이 나빴는지 "에이씨" 하면서 일어났다. 서 있던 남자는 스스로를 향한 분노였겠지만 앉아 있던 남자는 불쾌해졌다. 얌전히 앉아서 출근하다가 아무 잘못 없이 욕을 먹고 사람들의 시선을 받는 꼴이 되었기 때문이다. 그래서 서로 "사과해라" vs "못하겠다"의 싸움이 된 것이다. 와이셔츠에 넥타이까지 챙겨 맨 남자 둘이서 아침부터 각종 욕을 뱉어내고 있었다.

더 가관은 그중 한 남자가 내렸을 때였다. 둘은 지하철문이 열려 있는 10

초 남짓의 시간에도 계속 싸웠다. 지하철 밖의 남자는 "너 내려! 이씨!"라고 하고 지하철 안의 남자는 "어디 도망가! 이씨!"라고 하면서 서로 내리지도 타지도 않은 채 열린 지하철문을 사이에 두고 계속 눈을 부라리며 소리만 질렀다. 그러다가 지하철문이 닫히고 싸움은 싱겁게 종료됐다. 나이도 먹을 만큼 먹고, 공부도 할 만큼 한 사람들 같았다. 그런데 그렇게 자기감정에 휩싸여 분노를 터뜨리니 유치하기가 열 살 난 꼬마 같았다.

그동안 피하기에 급급했던 싸움 구경? 해보니 별것 아니었다. 오히려 그들을 관찰하면서 상황을 냉정하게 판단하고 나는 저러지 말아야지 하는 착한 결심도 해보았다. 싸우는 두 사람의 이야기를 잘 듣다 보면 우리가 얼마나 쉽게 배운 것들을 까먹는지, 흥분하면 얼마나 논리에 맞지 않는 말만 골라 하는지, 얼마나 자기가 하고 싶은 말을 자기 입장에서 자기 생각대로만 풀어내는지 볼 수 있다.

어차피 싸움 구경이라고 해봐야 피를 튀기는 혈투가 아니라 그저 사람들 사이에 소소하게 일어나는 의견충돌 정도이다. 싸우는 사람들은 서로 흥분해서 자기 이야기 하기 바쁘고 구경하는 사람들은 자기들끼리 말을 맞춰 보느라 바쁘다. 구경하는 사람이 많으면 싸우는 사람도 자기 말을 들어주는 사람이 늘어나서 은근히 더 신나하는 것 같다.

이제 나는 싸움 구경이라면 자다가도 벌떡 일어난다. 나는 잠귀가 둔해서 한 번 잠이 들면 천둥번개가 치고 집이 떠내려가도록 비가 내려도 좀처럼 깨지 않는다. 그런데 옆집 부부가 싸우는 소리가 나면 언니는 내 방으로 와서 "옆집 또 싸운다"라고 속삭인다. 그러면 나는 싸움의 쌍시옷 자가 끝나기도 전에 자리에서 벌떡 일어난다. 그러고는 잠옷 차림으로 현관에 나가 귀를 기울인다. 소리가 잘 들리지 않으면 옆집과 우리 집 사이에 있는 벽에 귀를 댄다. 그리고 언니에게 싸움 상황을 생중계한다. 어차피 그들의 사정을 온전히 이해할 수는 없기 때문에 "남자가 이래서 여자가 이랬나 봐"와 같이 싸움의 원인에 대해 내 추측을 말하는 정도이다. 이렇게 싸우는 사람들의 이야기를 들어가면서 무슨 일이 있었는지 퍼즐을 맞추듯이 그들의 사건을 맞춰 가는 것은 재미있다. 상상력과 추리력을 총동원하여 오늘의 사건을 맞추는 작업이다.

그렇게 나 죽네 너 사네 하면서 싸우다가도 다음 날 아침이면 팔짱을 끼고 출근하는 옆집 부부를 보면 신기하기도 하고 웃음이 나기도 한다. 그런 사람들을 보고 있으면 화해의 기술도 연구해보고 싶어진다.

다른 사람들이 싸우는 것을 보면서 흥분하는 법도 배우고, 분노하는 방식도 배우고, 대화의 기술도 배운다. 싸울 때는 내가 얻고자 하는 것이 명확해야 이길 수 있다는 점, 그것을 알지 못하면 싸움에서 이기고도 원하는 것을 얻을 수 없다는 점, 원하는 것을 얻지 못하는 싸움은 그저 감정 낭비에 불과하다는 점, 싸움에는 항상 내용이 있어야지 서로의 태도만 남아서는 안 된다는 점, 말싸움이 주먹다짐으로 번지지 않게 하는 것이 중요하다는 점, 흥분해서 목소리가 커지면 오히려 언어 전달력이 떨어진다는 점. 모두 싸움을 구경하다가 얻은 대화의 기술이요 싸움의 지혜들이다.

그런데 문제는 이렇게 잘 알면서도 막상 상황이 닥치면 나도 모르게 감정에 말린다는 점이다. 그러니 자꾸자꾸 반복 학습을 하고 훈련과 연습을 거듭하면서 익혀나가야 한다.

흥분한 사람을 객관적으로 볼 기회는 그리 흔치 않다. 하지만 나와는 전혀 상관없는 일로 노발대발하는 사람들을 보고 있으면 그들의 상황과 상태를 냉정하게 분석할 수 있다. 그러나 나 스스로가 싸움의 주체가 되어 '싸움 중' 모드이거나 이해관계가 얽혀 있어 어느 한쪽으로 기우는 경우 나는 이미 둘 중 어느 한쪽의 입장이기 때문에 대화를 객관적이고 냉정하게 들을 수 없다. 그러니 내가 아닌 다른 사람들이 싸우는 현장을 목격하면서 스스로 느끼고 배워야 한다.

아무리 생각해봐도 뚜렷한 이유가 없는데 언제부터인가 죄라고 단정하게 되는 행동들이 있다. 법적인 잘못도 아니고, 도덕적 양심에 어긋나는 행동도 아닌데 누군가에 의해 나쁜 일로 규정된 일들이다. 나이에 맞지 않는 일이 되기도 하고, 다른 사람 일에 간섭하는 일이 되기도 하고, 사람들 사이에서 살짝 튀는 일이 되기도 한다. 하다못해 반짝이 스타킹을 신는 일도 절대 해서는 안 되는 일처럼 펄쩍 뛰는 친구가 있다.

우리가 나쁜 일로 정해놓은 일 중에는 크게 나쁘지 않은 일들이 많다. 그러니 하면 안 된다고 생각했던 일들을 한 번씩은 해볼 일이다. 토요일 오전에 충동적으로 여행을 떠나는 것, 낮술을 먹어보는 것, 마라톤에 도전하는 것, 새벽에 친구를 불러내서 술을 마시는 것, 낯선 사람이 말을 걸어도 한번쯤은 믿어보는 것, 혼자 노래방이나 극장에 가보는 것, 술을 마시고 집에까지 걸어오는 것, 손톱에 까만색 매니큐어를 칠해보는 것, 우산을 쓰지 않고 빗속을 걸어다니는 것, 싸우는 사람 말리지 않고 가만히 구경하는 것…….

사람들이 위험하다며 하지 못하게 했던 일들도 사실 직접 해보면 아무 일

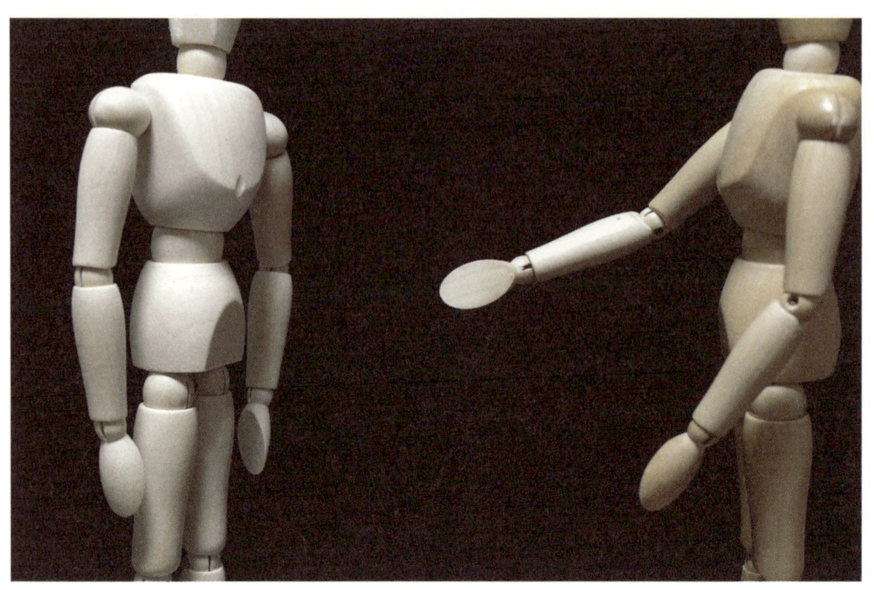

도 일어나지 않는다. 오히려 이런 탈선들은 내게 긍정적인 에너지를 충전시켜 주거나 새로운 것을 알게 해주거나 반성의 기회를 준다.

타인의 자유를 해치지 않는 모든 자유를 실천하고, 경찰서에 잡혀가지 않을 만한 모든 일탈을 즐겨도 좋다. 우리가 경험해볼 수 있는 일의 범위는 세상의 모든 일이어야 한다. 사람들의 시선이 신경 쓰여서 할까 말까 망설이는 일들을 리스트로 작성하고 한 달에 하나씩 자신을 실험하듯이 도전해보는 것도 좋다. 어쨌든 모든 것에 대해 가능성을 열어두고 즐길 수 있어야 한다.

길에서 고래고래 소리를 지르는 사람이 있으면 그에게 어떤 사연이 있는지 궁금해 온몸의 세포가 귀로 집중된다. 병인지도 모르지만 그 상황을 내 식대로 해석하고 제3자의 입장에서 분석해보고 싶어 미칠 지경이다. 이런 내게 친구는 남의 일에 신경 좀 끄라고 하지만 사실 이건 남의 일에 신경 쓰는 것이 아니다. 그저 그들의 일상에서 벌어지는 작은 사건 속으로 들어가서 내 방식대로 즐기는 것뿐이다.

모든 사람들이 평화로운 세상을 꿈꾼다. 하지만 오늘도 내가 살아가는 공간에서는 의견충돌로, 감정폭발로 싸움이 벌어진다. 옆집에서 고함소리가 들려온다면 하던 일을 잠시 멈추고 귀를 기울여볼 일이다. 그에게 무슨 억울한 사연이 있는지 그의 고함소리에 들어 있는 퍼즐들을 맞춰보자. 어차피 정답은 없다. 그 사연의 정답은, 알아들을 수 없는 말을 반복해서 외쳐대는 그 사람만이 알 수 있으니까. 나는 내 식대로 듣고는 내 상상력에 기대어 스토리를 만들어볼 뿐이다.

이제 싸움을 말리는 기술만 배우면 나는 완벽해진다. 킥킥.

PLAY!
5

!NFLUENCE

따뜻한 관계

횡단보도, 빨간 신호등 앞에 서 있다.
신호는 아직 빨간 불인데,
반대쪽에서 기다리던 남자가 뛰어서 횡단보도를 건넌다.
그 남자를 따라 두세 명이 빠른 걸음으로 횡단보도를 건넜고
이쪽에서도 눈치를 보던 몇 명이 뛰어간다.

가만히 서 있던 내가 괜히 바보가 된 것 같다.
뭐지? 착한 일을 하고도 괜히 부끄러운 이 느낌은.

그 사람들의 시선을 끝까지 견뎌낼 수 있을까?
그 사람들에게 내가 옳다고 또박또박 말할 수 있을까?

내가 세상을
바꿀 수 있다는 믿음

요구르트 한 병

아무나
드세요!

버스를 타면 가끔 마음 좋은 아주머니를 만나게 된다. 짐이 많은 학생에게 "좀 들어줄까요?"라며 손을 내미는 앞자리 아주머니, 벨을 눌렀는데도 버스가 미처 서지 않고 정거장을 지나칠 때 "아저씨 문 좀 열어주세요"라고 대신 외쳐주는 아주머니, 아기를 안은 승객이 버스에 타면 "여기 앉아요"라며 큰 목소리와 몸짓으로 그 승객을 자신의 자리로 불러들이는 아주머니. 모두가 난감한 상황에 처한 사람들에게 도움의 손길을 내미는 기분 좋은 아주머니들이다.

어느 아침 출근길에 이런 아주머니를 한 분 만났다. 출근길인 듯이 잘 차려입은 아가씨가 버스에 올랐다. "잔액이 부족합니다." 카드 요금기에 카드를 대는 순간 기계음이 요란하게 울렸다. 버스 안에 있던 사람들의 시선은 아가씨에게 몰렸고 당황한 아가씨는 주섬주섬 지갑을 열어 지폐를 꺼냈다. "아저씨, 1만 원짜리밖에 없는데, 어떡하죠?" 기사 아저씨도 아가씨도 난감한 상황이다.

이때 마음 좋은 아주머니가 등장했다. 그녀는 "내가 바꿔줄까요?"라며 움직이는 버스 안에서 뒤뚱뒤뚱 앞문까지 걸어가서 지폐를 바꿔주고는 다시 자리로 돌아와 앉았다. 나는 '오지랖도 참' 이라고 생각하면서 혼자 웃었다.

고개를 다시 창문으로 돌리는데 아차 싶었다. 오지랖은 아무 일에나 지나치게 간섭하고 참견한다는 뜻이 아니던가. 나는 왜 그 말을 여기다 쓴 거지? 기분 좋은 아주머니라고 생각해야 마땅한 일을 두고 별별 일에 신경을 다 쓰며 참견한다고 무시하는 쓴웃음을 보냈던 것이다.

어쩌다 내가 이 지경까지 됐는가? 언제부터인가 인정이나 인심 같은 것은 세상에 존재하지 않는다고 믿게 되었다. 다른 사람의 난감한 사정을 헤아리고 도와주는 것은 쓸데없는 에너지 낭비라고 생각했다. 그러다 보니 나와 같이 살아가는 다른 사람들의 어려움에 무신경해진 지 오래이다. 뿐만 아니라 그 사람들에게 도움의 손길을 내미는 사람들까지 똑똑하지 못하다며 나무랐다. 마찬가지로 내가 곤란한 상황일 때 누군가 도움의 손길을 내밀어도 "나를 왜 도우려는 거지?" 하며 또 다른 의도가 있을 것이라고 괜한 오해와 의심을 하곤 했다.

사실 다른 사람들의 사정에 신경을 끄고 살면 편하다. 그냥 모른 척하고 지나간다고 해도 왜 저 사람을 도와주지 않았느냐며 나를 나무랄 사람은 없다. '나만 그런 것도 아닌데 뭐. 괜히 마음 쓰다가 오히려 손해나 보지 뭐.' 이런 생각이 그들의 어려움으로부터 아예 등을 돌리게 했다.

박완서 에세이에는 낯선 사람과 기분 좋게 나눴던 다정함이 하루의 기분을 망치는 경험으로 바뀐 이야기가 나온다. 지하철에서 자신의 반지를 신기해하는 아이가 있어서 반지를 한 번 끼워주려는데 아이 엄마가 느닷없이 화를 내면서 "보자 보자 하니까 나잇살이나 먹어가지고……"라면서 아이를 낚아채 가버렸다는 이야기였다. 이 이야기를 읽으면서는 '뭐, 이런 사람이 다 있나' 하며 억울해했는데 사실 나나 그 엄마나 별로 다를 것이 없었다. 다른 사람의 호의를 기쁜 마음으로 받아들이지 못하는 마음의 뻑뻑함은 나나 그 엄마나 마찬가지였다.

사람들 사이의 나눔이나 기분 좋은 선물은 점점 만나기 어려워진다. 도움이나 선물 같은 것들을 주고 싶은 마음이 사라지면서 받고 싶은 마음도 같이 사라졌다. 어느 것이 먼저랄 것도 없이 둘은 같이 사라졌다. 이렇게 작은 마음의 움직임들을 쉽게 알아차리지 못한 채 너무 멀리까지 와버렸다.

　예전에는 이런 세상을 상대로 덤비기도 했고, 내가 마음만 먹으면 나아지리라는 믿음도 있었다. 그러나 이것은 나만의 개인적인 문제가 아니다. 내가 힘을 쓴다고 바꿀 수 있는 것이 아니었다. 세상이 내게는 너무 센 상대라는 것을 알아차린 후에는 그저 사람들이 살아가는 대로 적응하기 바빴다. 뭔가 잘못 돌아간다는 느낌이 들어도 그냥 사람들에게 묻어가는 것이, 남의 일은 모르는 척하는 것이 가장 현명한 일이라 생각했다. 좀 서글프기는 하지만 나 또한 그 무리들에 섞여서 적응하며 살아가는 것이 최선이라고 믿었다. 사람들이 원하지 않는 도움은 주고 싶지 않았다. 각박한 세상에서 그저 묵묵히 내 몫만 챙기면서 혼자 모든 것을 해낼 수 있을 것처럼 살았다.

　예전에 캠페인에 쓰였던 표어 중에 "나 하나쯤이 아니라 나 하나만이라도"라는 것이 있었다. '나 하나쯤 안 지켜도 되겠지' 하는 마음이 아니라 '나만이라도 지키자'는 마음을 갖자는 내용이다. 하지만 살다 보면 그렇게 마음먹기가 쉽지 않다. 그렇게 혼자 지키다 보면 괜히 혼자 잘난 척하는 것 같기도 하고 나 혼자 애써도 세상이 크게 달라지는 것 같지 않아 지치기도 한다. 그래서 이내 다른 사람들처럼 세상이 어떻게 돌아가는지 따위에는 관심을 끄게 되곤 한다.

　아침밥을 못 먹기 때문에 회사에서 요구르트를 하나씩 배달받았다. 가끔 아침을 먹거나 과일주스를 마시고 출근한 날이면 요구르트를 안 먹게 됐다. 그런 날 요구르트는 하루 종일 내 책상 위에 놓여 있다가 다음 날 아침이면 쓰레기통으로 들어갔다. 아직 유통기한은 많이 남아 있었지만 미지근해진 요구르트를 먹기가 싫었고 신선한 요구르트가 새로 배달되었기 때문이다. 나처럼 아

침을 먹지 않고 출근하는 누군가에게 주면 맛있게 먹을 것 같기는 했지만 귀찮았다. 먹고 싶다고 하지도 않은 것을 내밀었다가 싫다고 하면 어쩌나 싶기도 하고 또 요구르트를 먹을 만한 누군가를 찾는 것이 번거롭기도 했다. 누가 시키지도 않은 일을 하다가 아무도 안 먹는다고 하면 괜히 마음이 상할 것 같아서 시도도 하지 않고 요구르트를 쓰레기통에 밀어 넣기를 여러 번 했다.

버스에서 '오지랖 아주머니'를 만난 후 세상을 향해 조금 마음을 풀어놓기로 했다. '아무리 세상이 그렇다고 나까지 그러면 안 되지. 그래도 누군가와 나누면 맛있게 먹을 사람이 있을 거야.' 이런 마음을 앞세워 미지근해지기 전에 바로 요구르트를 회사 냉장고에 넣어두었다. 회사 냉장고에는 도시락을 싸온 사람들이 반찬을 넣어두기도 하고 음료수를 넣어두기도 한다. 각자 이 반찬은 누구 것, 이 음료수는 누구 것이라고 포스트잇을 형형색색 붙여놓는다. 사과 반쪽에도 자기 이름을 써 넣고 먹지 말라는 경고 표시를 한다. 포스트잇에 "아무나 드세요!"라는 메시지를 써서 요구르트에 붙였다. 수많은 포스트잇 사이에서 내 메시지가 보일까 싶어 요구르트를 여기저기 돌려놓아 보았다.

이 냉장고를 열어보는 사람은 스물다섯 명이다. 처음에는 아무도 내가 내민 손을 잡아주지 않을 것 같아 불안했다. 그렇게 된다면 아주 민망할 테니까. 물론 아무도 알지 못하겠지만 혼자 정답게 손을 내밀었다가 머쓱하게 거둬들이는 상황과 마찬가지이기 때문이다. 오후 3시쯤 요구르트가 아직 남아 있는지 아니면, 없어졌는지 냉장고 문을 살짝 열어봤다. 없어졌다. 알지 못하는 누군가가 내 손을 잡아준 것 같아 기뻤다.

일주일에 한두 번은 그렇게 냉장고에 요구르트를 넣어두었다. 내가 요구르트를 안 먹는 날이면 깜짝 이벤트처럼 냉장고에 누군가를 위해 요구르트를 넣어두었다. 누가 먹었는지 나는 모른다. 알려고 하지도 않았다. 그걸 먹는 사람도 누가 가져다놓았는지 모를 것이다. 고맙다는 인사를 기대한 것도 아니고 어떤 대가를 바란 것도 아니기 때문이다. 이것은 영원히 밝혀지지 않는 '마니또 게임' 같은 것이다.

그리고 며칠 후 냉장고에는 기적처럼 "아무나 드세요"라고 써 붙인 우유가 나타났다. 영화 〈아름다운 세상을 위하여〉의 트레버처럼 좋은 것 하나가 사람들의 마음을 움직여서 결국에는 이 세상이 좀 더 살기 좋은 곳으로 바뀔 것이라는 믿음이 생겼다. 나 혼자는 어쩔 수 없다며 그저 적응하기 바빴던 세상에 나의 힘으로 바꿀 수 있는 조그만 세상 하나를 만들었다. 아직 나를 믿어주는 냉장고 한 귀퉁이가 있어서 좋다.

혼자 떠난 여행에서 멋진 배경을 두고 사진을 찍으려는데 지나가던 사람이 "사진, 찍어드릴까요?"라고 친절히 제안했다. 그런데 나는 그 사람이 혹시라도 내 카메라를 들고 그대로 도망가 버릴까 봐 "아뇨, 괜찮습니다"라고 말하며 서둘러 그 자리를 떠났다. 그렇게 사람들을 믿지 못하고 세상의 친절을 받아들이지 못한 결과는 가혹했다. 멋진 배경은 하나도 없고 피곤이 가득한 얼굴만 화면 가득 찍힌 사진을 보며 그날을 추억해야 하는 것이다. 사람들의 호의를 받아들이지 못했던 내 좁은 마음의 또 다른 증거처럼 내 사진첩에 남아 있는 사진을 볼 때마다 웃음이 난다. 매번 낯선 사람에게 덜컥 카메라를 맡기기가 쉽지는 않겠지만 가끔은 그렇게 사람들이 내민 손을 "감사합니다" 하고 맞잡아줘야겠다는 결심을 했다. 그렇게 세상의 호의에 믿음으로 보답하고 그 사람이 내 믿음에 용기를 내어 또 다른 사람에게 손을 내밀 수 있게 해야겠다.

세상은 혼자만의 노력으로 바뀔 수도 있다. 때로는 정해진 목적 없이, 특별히 얻고 싶은 것 없이 사람들에게 베풀고, 누군가 따뜻하게 도움의 손길을 내밀 때 기꺼이 잡아주기도 할 일이다. 일상적으로 누구나 만날 수 있는 작은 베풂의 손길로 다른 누군가의 하루가 얼마나 행복하고 살맛나지는지 조금은 알 것 같다. 도움의 손길을 내미는 쪽이나 맞잡는 쪽이나 기분이 좋기는 마찬가지이다.

내가 세상을 바꿀 수 있다는 조그만 믿음 하나를 다시 찾았다.

지킬 수 있는
약속만 하기

급 만 남

오랜만에 만나는 친구는 오랜만에 만나서 좋고,
매일 만나는 친구는 매일 만나서 좋다.
언제든 만나면 좋다.

그런데 왜
그렇게 좋은 친구들을 자주 만나지 못하는 걸까?

목욕탕에서 때를 밀고 나오면서
반짝거리는 손등을 볼 때면
목욕탕에 자주 와야지 생각하면서도
막상 때가 되면 차일피일 미루게 되는 것처럼

아주 가까운 친구를 만나는 약속도 그렇게 된다.

나는 새해의 시작을 구실 삼아 그동안 소식을 듣지 못한 몇몇 친구들에게 내 모습을 드러낸다.
친구를 잃어버리는 가장 확실한 방법은 다시 접촉하는 주도권을 그에게 맡겨두는 것이다.
그러면 머지않아 그가 꼼짝도 하지 않게 되는 날이 오는 것이다.

미셸 투르니에, 《외면일기》

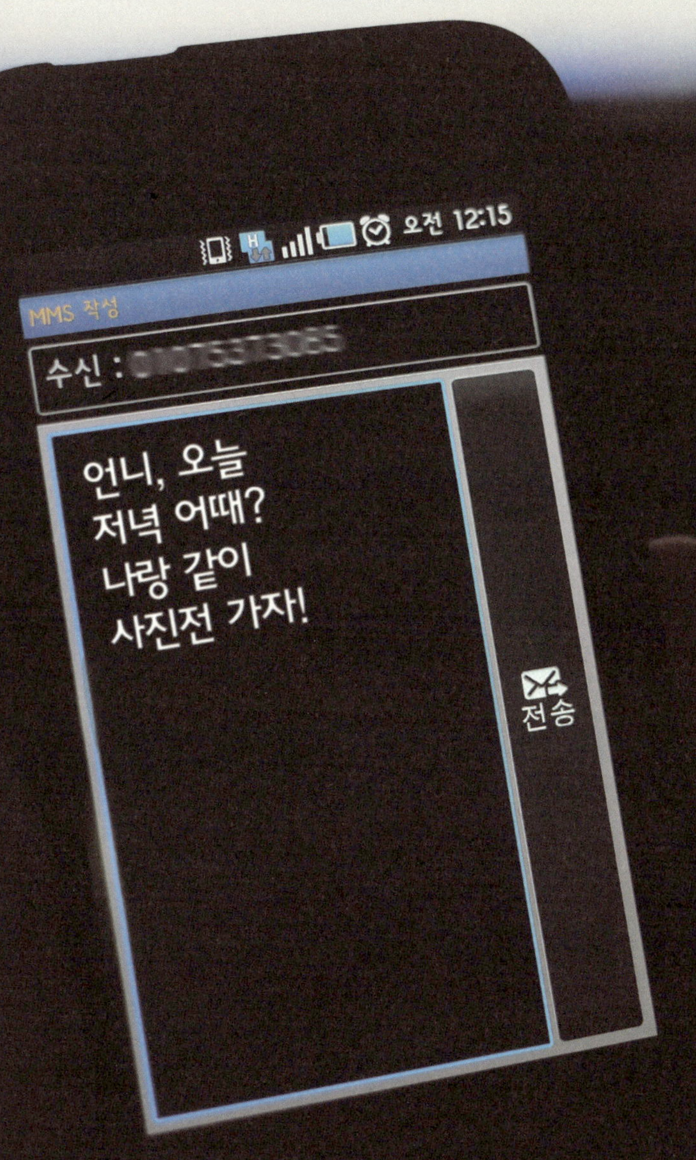

 또 바람 맞았다. 벌써 몇 번째 인지 모른다. 이 친구는 항상 이런 식이다. 몇 주 전부터 만나기로 약속해놓곤 당일 아침에 급한 일이 생겨서 못 만나겠다느니, 오후 3시쯤에야 저녁에 미팅이 있어서 못 만나겠다느니 핑계를 댄다. 게다가 오늘은 내가 약속 장소에서 기다리고 있는데 나올 수 없단다. 정말 상황이 그럴지도 모르지만 더 이상 이 친구의 말을 믿고 싶지가 않다. 그 친구는 이미 양치기 소녀가 됐다. 또 같은 일이 여러 번 반복되다 보니 별로 보고 싶지 않은데 괜한 의무감에 약속을 잡는 것은 아닌가 싶어 섭섭해지기도 한다.

가까이에서 보면 내 친구는 항상 바쁘다. 그 바쁨을 즐기는 것 같기도 하고, 바쁘지 않으면 못살 것 같기도 하다. 평일 저녁에도 약속을 두 개씩 잡는다. 하나가 취소될지도 모르기 때문이란다. 이해가 안 되는 이유지만 아무튼 그렇다. 그래서 항상 둘 중 하나는 취소해야 하는 상황이 반복된다. 취소된 약속은 또 다른 날짜로 미뤄지거나 완전히 취소되어야 하고, 그러려면 상대방을 감정적으로 돌보기 위한 또 다른 노력을 해야 하는 것이다. 그러느라 매일매일이 정신없이 바쁘다. 어쨌든 말로만 들어도 피곤한 일상을 그 친구는 매일 스스로 자초한다.

그러면서도 마치 자신에게는 친구가 굉장히 많고, 자기를 만나고 싶어 하는 사람도 정말 많은 것처럼 이야기하며 자랑스러워한다. 사실 아무도 부러워하지 않을 텐데. 어쩌면 그 많은 약속이 독이 되어 관계가 끝날지도 모르는데 아직 그 친구는 그런 사실을 잘 모르는 것 같다. 일상에서 흔히 만나볼 수 있는

캐릭터는 아니지만 어쨌든 내 친구는 매일을 그러고 산다.

그 친구를 볼 때마다 나는 그러지 말아야지 결심하게 된다. 친구가 약속을 어길 때마다 상처를 받을 뿐 아니라 내가 약속을 지키지 못할 때도 마음이 너무 무거워지기 때문이다. 지키지 못할 약속은 애초에 하지 말아야 한다. 그래야 마음의 부담을 덜 수 있다.

나는 지킬 수 있는 약속만 하고 싶다. 약속을 지키지 않는 것도 거짓말을 하는 것과 똑같다. 약속은 미래의 내 행동을 이야기하는 것이다. 과거에 일어난 일을 속이는 것과 미래에 하지도 않을 일을 약속하는 것은 결국 똑같다.

문제는 지킬 수 있는 약속만 하는 게 마음처럼 쉽지 않다. 한 번은 좋아하는 언니와 삼겹살을 먹기로 한 적이 있다. 그런데 전날 저녁부터 태풍이 북상한다는 일기예보가 나왔다. 내일이면 태풍이 한반도를 덮쳐 전국에 비바람이 예상된다는 것이다. 특히 이번 태풍은 비구름을 동반하고 있어서 바람뿐만 아니라 엄청난 호우가 예상되니 각별히 주의하라는 경고도 덧붙여졌다. 다음 날 아침 일기예보대로 전국의 상황은 참담했다. 엄청난 호우로 맨홀 뚜껑이 뒤집히면서 하수도가 역류하는 것은 일도 아니었다. 도로는 마비되었고 초등학교에는 휴교령이 내렸으며 출근을 포기하는 사람이 속출했다. 강풍으로 가로수와 가로등은 물론이고 몇 백 년 묵은 나무까지 뿌리째 뽑히거나 꺾였다. 결국 그 언니와 나는 목숨까지 걸면서 만날 일은 없으니 다음에 만나자며 아쉽게 약속을 취소했다. 그렇게 꼭 지키고 싶었던 약속은 태풍 앞에 어쩔 수 없이 다음을 기약해야 했다.

꼭 이렇게 엄청난 자연재해가 아니어도 갑자기 회식이 잡히거나 정말 급

한 일이 생기거나 회의가 길어져서 약속을 못 지키기도 한다. 그렇게 어그러진 약속은 그대로 내게는 부담으로 남는다. 언젠가는 만나야 하는데, 빠른 시일 내에 만나야 하는데 하는 생각이 계속 마음속을 떠나지 않기 때문이다.

나는 이런 상황이 부담이 되어 약속을 많이 만들지 않는다. 언젠가 한 번 밥이나 먹자는, 지나가는 인사도 내게는 고스란히 부담으로 남기도 한다. 상대방은 그냥 지나가는 인사치레로 했을지 모르지만 그런 친절이 나의 소심함과 만나면 그런 말 하나하나가 모두 약속처럼 느껴진다. 그래서 사람들과 언제 만나자는 약속을 하는 것을 별로 좋아하지 않는다.

대신에 약속이 많지 않은 나는 사람들과 자주 만날 수 있는 새로운 카드를 하나 개발했다. 친구들과 급만남을 자주 하는 것이다. 모임이나 회의는 여러 사람이 시간을 맞춰야 하는 일이니까 미리 정하고 공지를 해야겠지만 언제 만나도 반가운 친구 두세 명이 모여서 맛있는 저녁을 먹거나 카페에서 수다를 떠는 일은 말 그대로 언제여도 좋은 것이다. 그렇기에 미리 날짜를 정하는 대신 퇴근 10분 전에 약속을 잡고 바로 만나는 것이다.

태풍 때문에 못 만난 언니에게도 며칠 후 오후 5시쯤 전화를 걸어 "오늘 삼겹살 먹으러 가도 돼요?" 하고 묻자 언니는 곧 "오케이! 콜!"을 외쳤다. 약속을 잡고 일주일 이상 기다리다가 결국 태풍 때문에 흐지부지되었던 만남이 단 10초 만에 성사되었다. 그렇게 급만남은 특별히 더 신나고 재미있다.

급만남은 지킬 수 있는 약속만 하기 위한 나만의 방법이다. 금요일 퇴근 전 메신저를 열어 친구와 약속을 잡는다. "나 오늘 칼퇴근할 것 같은데 같이 저녁이나 먹을래? 회사 앞으로 갈게" 하고 당장 출발해야 만날 수 있는 시간에 약속을 잡는다. 상황을 점검하고 만나야겠다는 결심을 다진 후에야 약속을 잡는 것이다. 그러면 약속이 어그러지는 일은 거의 없다. 나는 대화를 종료하는 동시에 친구를 만나기 위해 출발해야 하고 친구도 재빨리 일을 마무리해야 하기 때문이다. 다른 일이 끼어들 틈을 주지 않는 것이다.

가끔 평일에 휴가를 받아도 미리 약속을 잡지 않는다. 아침에 일어났을 때 생각나는 친구에게 "오늘 점심 약속 있어? 없으면 나랑 먹자"라고 간단하게 메시지를 날린다. 그리고 친구의 회사 앞으로 가서 친구가 먹던 점심 메뉴 그대로 순대국밥을 먹고 돌아온다. 내가 급만남을 제안하는 조건은 "내가 네 회사 쪽으로 갈게"이다. 시간은 나 편한 대로 잡았으니 장소는 친구에게 맞춰야 한다는 나름의 규칙인 것이다.

약속을 미리 잡아두면 출근할 때 옷이나 화장에 좀 더 신경을 쓰고 회사 일도 좀 더 빠르게 마무리할 수도 있다. 그러나 그런 조건을 모두 맞추며 기다리다가는 친구를 언제 만날지 모른다. 차려입지 않고 대충 사는 모습도 기꺼이 예뻐 보인다. 그리고 사실 그렇게 부담 없이 제 모습 그대로를 풀어놓을 수 있는 편한 만남이라서 더 좋기도 하다. 그래서 어느 날 내가 시간이 나서 급만남을 제안했는데 친구도 마침 시간이 된다면 그냥 만나면 되는 것이다.

예전에는 친구와 약속을 잡고 그날이 될 때까지 설레이는 마음으로 기다리는 것이 좋았다. 주말의 데이트를 생각하면서 일주일을 버티는 직장인처럼 친구들과의 만남을 기다리는 시간까지 좋았다. 하지만 서로 일상이 바빠지면서 약속이 깨지는 일은 잦아졌고 그때마다 상처도 컸다.

매일 저녁 만나야 할 사람들을 정해놓고 정해진 시간대로, 계획대로 움직이는 것도 좋지만 오후 3시쯤 오늘은 그냥 집에 들어가기 싫다는 느낌이 들 때 가까운 친구에게 저녁 같이 먹자는 갑작스런 만남을 제안해도 좋을 일이다. 친구와의 만남을 기다리는 설렘은 덜하겠지만, 갑작스러운 약속에 발걸음과 마음은 더 분주해지겠지만 친구를 만났을 때의 기쁨은 그만큼 더 클 것이다.

금요일 저녁 7시에 사랑하는 사람을 만나는 일이 왜 이렇게 어려워졌는지 모르겠다. 하지만 어쨌든 우리는 6시에 칼퇴근해야만 지킬 수 있는 약속을 본의 아니게 많이 어기게 된다. 아예 끝까지 약속 장소에 나타나지 못하는 상황도 자주 벌어진다. 그렇게 약속을 한두 번 취소하면 또 약속을 미루게 될까 봐 쉽게 약속을 잡지 못하게 된다. 그러다 보면 그 친구와의 만남은 점점 부담스러운 일이 된다.

그러니까 언제 만나도 좋은 친구들은 어느 날 갑자기 이벤트처럼 약속을 잡고, 그날 저녁에 바로 만나서 즐거운 시간을 보내보자. 바로 출발해야 지킬 수 있는 약속을 잡으면 그 약속은 반드시 지킬 수 있다. 그렇게 만날 수 있는 사람만 만나고 만나고 싶은 사람만 만나기에도 나는 바쁘다.

눈에 보이지 않는 것들의 힘

친구와 만나고 돌아오는 길.
친구의 짧은 문자 메시지가 왔다.

"또.보.자."

오늘 만나서 좋았어.
언제든 무슨 일 있으면 연락해.
아무 일 없더라도 조만간 보자.
다음 만남을 기다리고 있을게.
네가 보고 싶을 거야.

여러 말들이 세 글자 안에 들어 있었다.

오랜만에 느껴지는 따뜻함이었다.

당신의 편지가 왔다기에 꽃밭 매던 호미를 놓고 떼어보았습니다.
그 편지는 글씨는 가늘고 글줄은 많으나 사연은 간단합니다.
만일 님이 쓰신 편지라면 글은 짧을지라도 사연은 길 터인데.

한용운, 〈당신의 편지〉

누구든 무언가를 쓰고 싶어서 종이를 펼쳐놓고 책상 앞에 앉아 있던 기억이 있을 것이다. 무슨 말을 쓸까? 한참 고민하다가 겨우 몇 글자를 끼적거린다. 그러나 그조차도 마음에 안 들어 글이 적힌 부분에 크게 엑스 자를 그리거나 글자가 안 보일 때까지 새카맣게 칠을 한다. 한순간에 종이를 찢어버리기도 한다. 그러고는 '역시 나는 글을 못 써'라는 결론을 내린다. 책상에 자리 잡고 앉은 지 한 시간도 채 지나지 않아 벌어지는 일이다. 뭔가 자신의 생각을 정리하고자 벌였던 일을 채 한 시간도 되지 않아 포기하는 것이다. 자신의 자질을 판단하는 데 한 시간도 안 걸린 셈이다. 한 사람의 조급한 성격 때문에 벌어진 일이라고 치부하기에는 너무 많은 사람들이 겪는 일이다.

시간이 갈수록 사람들의 기다리는 힘은 줄어들고 있다. 아니, 내가 그렇다는 말이 더 맞겠다. 하고자 하는 일이 원하는 속도로 빠르게 진행되지 않거나 사람들에게서 원하는 답을 즉각적으로 듣지 못할 때는 답답함까지 느낀다. 충분한 시간을 들여서 뭔가 진득하게 기다리는 일을 하지 못하게 됐다.

이것은 식당에만 가면 '빨리빨리'를 외치는 한국인의 조급한 성격과도 다른 문제이다. 예전 사람들이라고 해서 빨리빨리 근성이 없지는 않았을 것이다. 그런데도 예전 사람들은 여유롭게 길을 걸었고 차분한 마음으로 책을 보거나 글을 썼다. 한때는 나도 약속 장소에 일부러 일찍 나가서 친구가 올 때까지 그 친구에게 줄 엽서 한 장을 써두었다가 헤어질 때 건네주기도 했었다. 그렇게 진득하게 기다릴 줄 알았던 나였다.

그런데 요즘의 나는 마음이 급해서 그럴 수 없다. 그러고 있으면 왠지 나만 뒤처지는 느낌이 든다. 마치 에스컬레이터를 거꾸로 타고 있는 것처럼 세상의 속도보다 빠르게 달려가지 않으면 뒤처지는 것만 같다.

가장 먼저 사라진 것은 편지이다. 편지는 시간이 너무 많이 걸린다. 그래서 어쩌면 빠르게 소식을 전하고 답장을 받고 싶은 사람들에게는 비효율적인 소통 수단이기도 하다. 우리에게는 그보다 빠른 이메일이 있기 때문이다. 혹은 휴대전화라는 수단도 있으니 빠르게 할 말을 하고 원하는 답변을 얻고 다음으로 넘어간다.

이메일은 키보드를 두드려서 하고 싶은 말을 입력한 뒤 클릭만으로 바로 발송된다. 편지는 손으로 꾹꾹 눌러 쓴 뒤 봉투에 넣고 우표를 붙여서 우체통에 넣은 다음 상대방에게 배달될 때까지 기다려야 하는 반면 이메일은 발송 후 상대방이 확인하는 시간까지만 기다리면 된다. 가끔은 그 시간조차도 기다리지 못해서 상대방이 메일을 확인했나 안 했나를 수시로 확인하기도 한다. 또는 휴대전화로 메일을 보냈다는 문자 메시지를 따로 보내 얼른 메일을 확인해달라고 요청하기도 한다. 상대방이 확인했다는 메시지를 보내면 언제쯤 답장이 올지 또다시 수신함을 들락거리게 된다.

분명 이메일은 거스를 수 없는 대세이고 이제는 없어지면 불편할 만큼 일상생활에 깊숙이 자리 잡았지만 왠지 내 마음을 담기에는 정이 없어 보인다는 느낌은 모두가 가질 것이다. 사람의 마음을 담고 관계를 쌓는 것은 빠르게 많은 말을 주고받는 것이 아니라 진심을 느끼는 것이다. 그래서 서로를 알아갈 시간이 필요하다.

언젠가 아는 언니가 꽤 진지한 고민을 담은 메일을 보내왔다. 어떻게 답장을 해야 하나 고민하다가 이메일 대신에 편지를 썼다. 이메일로 빠르게 내 마음을 전달하는 것은 왠지 부족해 보였다. 언니만큼 나 또한 깊이 고민하고 있음을 보여주기에는 편지가 좋았다.

편지는 단순히 손으로 글씨를 눌러 쓰는 시간에만 공을 들이는 것이 아니다. 이 편지가 상대방에게 안전하게 배달되어 그가 답장을 보내줄 때까지 기다림은 계속된다. 이 시간들은 의미 없이 흘러가는 것이 아니라 마음속에 무언가를 품게 한다. 그래서 이런 기다림이 있는 사람은 행복하다.

'누구보다 빠르게'가 중요한 세상이다. 버튼 몇 개만 누르면 상대방이 어디서 무엇을 하는지 즉각 알 수 있는 휴대전화, 전 세계에서 벌어지는 일들을 실시간으로 검색하고 확인할 수 있게 해주는 인터넷……. 모두가 우리에게 더 빨리 달리라고 채찍질을 한다. 원하는 것들을 빠르게 얻는 데 익숙해진 우리는 무언가 조금이라도 늦어지면 바로 조급해진다. 인터넷 페이지를 열었다가도 페이지 로딩에 5초 이상 걸리면 바로 창을 끄거나 다른 페이지로 넘어가 버린다. 공을 들여 기다리고 앉아 있을 시간이 없다. 빨리 다음 상황으로 넘어가고 진도를 나가야 하기 때문이다.

똑같은 정보도 서로 더 빨리 알아냈다며 자랑한다. 유명 연예인이 결혼한다는 소식은 오늘 알아도 되고 내일 알아도 된다. 혹은 평생 알지 못해도 상관없는 일이다. 그런데도 그런 일들은 마치 우리 일생에서 가장 중요하기라도 한 것처럼 포털 화면의 중앙에 크게 자리를 잡고, 신문 기사의 1면을 화려하게 장식한다. 연예기사를 앞 다투어 보도하는 것을 보면 허무하기까지 하다. 즉각적으로 올라오는 정보는 '실시간'이라는 이름을 붙이고 더 높은 가치를 부여받게 된다. 뭔가 즉각적인 결과가 나오지 않거나 바로 확인할 수 없는 것들은 그 가치가 떨어진다. 하루 이틀만 지나도 구닥다리 정보가 된다.

이러면 안 된다고 생각하면서도 나 역시 그 흐름에 완전히 휘말린다. 매일 우리에게 벌어지는 이런 일들 앞에서 나는 기다리는 힘을 잃어버렸다. 사소하지 않은 일에 마음이 급한 나는 친구를 기다리면서도 휴대전화를 꺼내 "어디야?"를 계속해서 묻곤 한다.

기다림은 상대방에 대한 믿음을 전제로 한다. 그러니까 내가 편지를 보내면 그 편지가 그 친구에게 잘 도착할 것이라는 믿음, 친구가 그 편지를 잘 확인했을 것이라는 믿음, 오래지 않아 그 친구가 답장을 보낼 것이라는 믿음을 갖고 답장이 도착할 때까지 설레는 마음으로 기다리는 것이다. 약속 장소에서 친구를 기다릴 때도 친구가 여기까지 잘 오고 있다는 믿음으로 기다려야 그 기다림이 즐거워진다.

우리가 잃어버린 것은 단순히 기다리는 힘만이 아니다. 눈에 보이지 않는 것에 대한 믿음을 잃어버렸고 아쉬움, 간절함, 그리움까지 모두 잃어버렸다. 우리는 눈에 보이지 않는 모든 것을 믿지 않는다. 오직 바로 지금 눈앞에 있는 것만이 진실이라고 생각한다.

우리가 보고 싶은 것, 믿고 싶은 것은 언제나 눈앞에 빨리 나타나야 한다. 우리에게는 기다림, 아쉬움, 간절함, 그리움을 느낄 시간이 없다. 그래서 눈에 보이지 않는 것들에 대한 궁금증이 즉시 해결되지 않으면 우리는 안절부절못하기 일쑤이다. 기다리는 뭔가는 어서 눈앞에 나타나야 하고, 아쉬운 뭔가는 즉시 채우거나 포기한다.

기다림에 익숙해지는 데는 편지만 한 것이 없다. 책상 앞에 앉아 무슨 말을 쓸까 골똘히 고민하는 순간부터 기다리던 답장이 도착할 때까지 '친구가 편지를 읽었을까?' 편지를 읽고 '어떤 표정을 지을까?' '무슨 생각을 할까?' '어떤 답장이 올까?' 궁금해하고 그리워하고 설레어하는 것은 모두 눈에 보이지 않는 것들을 상상하고 믿는 힘에서 나온다.

어느 날 친구를 만나고 돌아오는 길에 친구가 "또 보자"라는 문자 메시지를 보냈다. '오늘 즐거웠어. 언제든 무슨 일 있으면 연락해. 아무 일 없더라도 자주 좀 보자. 다음 만남을 기다리고 있을게. 그때까지 네가 보고 싶을 거야.' 이 긴 메시지가 세 글자에 모두 담겨 있었다. 그리움, 기다림, 아쉬움이 모두 보이는 세 글자였다. 그때부터 '또 보자' 라는 말은 내가 좋아하는 말 중 하나가 됐다. 비슷한 느낌의 단어로는 '놀러 와'가 있다. 언제든지 내가 문을 두드리기만 하면 친구가 간절히 기다리고 있을 것 같은, 내가 마음만 먹으면 만날 친구가 있을 것 같은 느낌의 단어를 나는 좋아한다. 이렇게 보이지 않는 것들에 대해 믿음을 줄 수 있는 말들이 내 주변에 많이 늘었으면 좋겠다.

우리는 다시 그 힘을 찾아야 한다. 누군가와 진심을 나누고 싶다면 메일보다는 편지를 써보자. 내용보다는 시간을 담은 이야기를 보내는 것이다. 시간이 얼마가 걸리든, 할 말이 많든 적든 지금 있는 그대로의 내 모습을 적어서 보내면 된다. 그러면 보이지 않는 것을 믿게 된다. 친구가 매일 내게 전화를 하거나 나와 만나주지 않더라도 어디선가 나를 기억하며 하루하루를 보내리라는 믿음을 갖게 된다.

오랜만에 시간을 내어 친구에게 편지를 쓴다. 빠르게 써지지는 않지만 그렇게 공들이는 시간들이 고스란히 친구에게 전달될 것이다. 내가 이렇게 오랜 시간 너를 그리워하고 있다고. 보고 싶다고.

사람들 사이의
거리 넘나들기

다른 사람 신발

우리는 자신의 성격과 기질에 지나치게 집착해서는 안 된다.
우리의 중요한 능력은 다양한 삶의 방식에 적응할 수 있다는 것이다.
오직 한 가지 삶의 방식에만 달라붙어 매달리는 것은 그저 존재하는 것이지 사는 것이 아니다.
가장 훌륭한 영혼은 가장 많은 다양성과 유연성을 가진 영혼이다.

박홍규, 《몽테뉴의 숲에서 거닐다》

서른 즈음에는 모든 것을 받아들이고 이해할 수 있는
유연함이 찾아올까 서성이며 기다렸다.

이십대의 까칠함과 울퉁불퉁한 감정 표현들을 넘어서
부드럽고 순한 사람이 될 것이라고 믿었다.

안타깝게도 내게 그런 순간은 찾아오지 않았다.

유연함이란 것은
어느 한때의 문제가 아니라
인생 전반에 걸쳐 받아들여야 하는 생활 방식임을 알았다.

두 팔을 벌려 옆 사람의 손을 잡으려는 다짐이 없으면
마흔이 아니라 102살이 되어도
세상을 껴안고 다양한 사람들을 받아들일 수 있는
유연성은 나에게 찾아오지 않으리라.

 바나나를 먹고 있었다. 친한 친구가 다가오며 한 입만 하고 말했다. 나는 내가 먹던 윗부분을 잘라내고 입도 손도 닿지 않았던 아랫부분을 주기 위해 오른손으로 바나나 껍질을 좀 더 벗겨냈다. 그런데 내 친구는 이런 내 행동을 입으로 한 입 먹으라는 신호로 알아들었는지 갑자기 내 이빨 자국이 선명한 바나나를 아무렇지도 않게 베어 무는 것이 아닌가. 오 마이 갓! 이제 바나나에 남은 건 친구의 이빨 자국. 친구는 이제 내가 먹을 차례라는 듯이 빙긋 웃으며 나를 쳐다보았다. 나는 그 바나나를 다시 먹지 못하고 "너, 다 먹어"라고 하고는 손을 털고 일어났다.

그 친구가 평소에 불쾌감을 줄 정도로 씻지 않거나 이를 잘 닦지 않는 등 위생상 특별한 문제가 있는 것은 아니었다. 그저 내 마음이 문제였다. '아무리 거리낌 없는 관계여도 그렇지. 어쩜 그렇게 남이 먹던 바나나를 아무렇지도 않게 먹을 수 있지?' 그 순간 나는 기분이 나쁘다기보다는 황당했다.

그리고 보니 내가 휴게소 화장실에서 볼일을 볼 때면 변기에 엉덩이가 닿지 않도록 다리에 힘을 주며 애를 쓰는 것이나, 카페 화장실에 펌프형 병에 담긴 액체 비누가 아닌 손으로 문질러 써야 하는 딱딱한 비누가 놓여 있을 때는 물로만 손을 씻고 나오는 것이나, 일회용 종이타월이 아닌 빳빳하게 잘 말린 수건이 걸려 있을 때는 손을 닦지도 않고 물이 흥건한 채 그대로 나오는 것도 모두 이 때문인지 모른다. 대부분 위생상 크게 문제가 없을 것이 분명하지만 어떤 사람이 썼을지도 모르는 것에 내 몸을 닿게 하는 것이 괜히 찝찝했던 것이다. 그런데 그렇게 피해왔던 간접 접촉의 범위 안으로 친구가 아무렇지도 않게 훅 하고 치고 들어왔으니 나로서는 어리둥절할 수밖에 없었다.

그러다가 그 친구와 다시 식당에 갈 일이 생겼다. 사람들과 동동주에 파전을 먹으며 신나게 놀다가 화장실에 가려고 잠깐 자리를 빠져 나왔다. 그런데 화장실이 멀다. 신발을 신고 건물 밖으로 나가서 오른쪽으로 돌아가야 한다. 내 신발은 하얀색 구두라서 식당 안으로 들어설 때 신발장 안에 넣어두었다. 내 신발을 다시 꺼내는 것이 귀찮아서 우리 일행이 벗어놓은 신발 중 하나를 골라 신고 화장실로 달려갔다.

화장실에 앉아서 볼일을 보는데 어, 그 친구 신발이다. 친구가 하루 종일 그리고 몇 개월을 매일같이 신던 신발을 내가 신고 있었다. 항상 겉모습만 봤을 뿐 그 속이 어떤지 한 번도 들여다본 적이 없었다. 땀이든 균이든 그 친구의 어떤 이물질이 남아 있을 수도 있다. 얼마나 냄새가 나는지조차 예상하기 어렵다. 혹시 나 모르게 발병을 앓고 있을지도 모른다. 그런데 나는 아무런 거리낌 없이 너무 자연스럽게 그 친구의 발이 닿았던 곳에 내 발을 넣고 있었다.

게다가 다른 사람의 신발을 신는 것은 단순한 간접 접촉이 아니다. 신발은 가장 사적인 물건 중 하나이다. 욕실 슬리퍼를 제외하면 가족들과도 함께 신는 신발이 거의 없다. 모두 사이즈가 다르기도 하고 매일 쓰는 물건이어서 대부분의 사람들이 몇 켤레씩 갖춰두고 반복해서 사용한다. 일기처럼 비밀스러운 물건들과는 달리 쉽게 공개되다 보니 미처 생각하지 못했을 뿐이지 신발은 그 주인에 대해 많은 것들을 담고 있다.

아무에게도 공개되지 않았던 그 은밀함 속에 내 발을 넣고 발가락을 꼬물거리며 땀을 꽤나 흘렸을 그 친구의 무더운 여름날을 짐작해봤다. 이쪽저쪽 어느 쪽으로 기울어졌나를 살펴보다가 그 친구의 걸음걸이가 떠올라 빙긋 웃음이 났다. 친구의 신발은 내 발보다 훨씬 컸다. 아무 생각 없이 신고 화장실로 갈 때는 몰랐는데 돌아오면서 보니 덜그럭대는 느낌이 꼭 어린 시절 엄마 신발을 신은 느낌이었다.

화장실에 다녀온 나는 특별한 계기 없이도 그 친구와 한층 친해진 느낌이었다. 가만히 생각해보니 그것은 아주 어린 시절 내가 씹어 먹던 무언가를 뱉어내서 내밀면 그걸 기꺼이 받아먹던 엄마에게서 느꼈던 친밀감과 비슷했다. 그저 가까운 정도로는 할 수 없는 일이었다. 상대방에 대한 무한한 신뢰와 애정이 없으면 어려운 일이었다. 내 바나나를 한 입 베어 먹었던 친구도 나를 이미 그렇게 특별하게 생각했던 것인데 그 마음을 받아주지 못한 것 같아서 새삼 미안해졌다.

그때부터 식당에 갈 때마다 친해지고 싶은 친구들의 신발을 신어보게 되었고 덕분에 그들에게서 좀 더 특별한 친밀감을 느낄 수 있었다. 민감하게 거부했던 간접 접촉의 장벽을 친구의 신발로 넘어섰다. 서로에게 불쾌감을 주지 않는 간접 접촉은 둘을 더욱 가깝게 해준다는 말을 믿는다. 이제 나는 친한 친구들에게 먹던 자장면을 나눠주는 것을 미안해하지 않는다. 친구가 먹다 남긴 콩국수 국물도 기꺼이 원샷으로 먹어치우기도 한다. 때로는 친구가 이빨 자국이 나 있는 사과를 내밀어도 기꺼이 한 입 베어 먹을 수 있게 되었다.

사람마다 자신의 영역을 다양한 기준으로 구분해놓는다. 나처럼 다른 사람과의 간접 접촉에 민감한 사람이 있는가 하면 자기 물건을 털끝만큼이라도 건드리면 회사가 떠나가라 난리를 치는 사람도 있다. 그 벽을 넘을 수 있느냐

없느냐에 따라 그 사람의 영역은 확장되기도 하고 그대로 고착되기도 한다. 한 가지 확실한 것은 그 벽을 넘어선 사람만이 다른 사람들과 손을 맞잡을 수 있다는 것이다. 그러니 내게는 어떤 장벽들이 놓여 있는지 살펴보고 한 번쯤은 그것들을 넘으려는 시도를 해야 한다.

신호가 빨간불로 바뀌면 달리던 차가 횡단보도 앞에 멈춰 선다. 뒤따라오던 차들도 쭈르륵 브레이크를 밟는다. 앞 차와 부딪히지 않는 것이 중요하다. 모든 차들이 안전하게 달리려면 일정한 간격이 필요하다.

사람들 사이에도 간격이 필요하다. 내 자리, 내 모습을 지키기 위한 공간이 있어야 한다. 이때 공간이란 것은 물리적인 거리가 아니라 심리적인 거리이다. 그래서 눈에는 보이지 않지만 사람들 사이에 장벽처럼 서 있다. 누군가 내게 다가오거나 내가 누군가에게 다가갈 때 순간 멈칫한다면 내 마음속에 어떤 경계선이 있는 것이다. 때로는 이 장벽이 너무 높아 아무와도 친해지지 못해 어려움을 겪기도 한다.

사람 사이의 거리를 좁히는 일은 자동차 사이의 거리를 좁히는 일과 다르다. 자동차 사이에 거리가 없으면 사고가 나지만 사람들 사이의 거리는 좁혀질수록 친근감을 느끼게 된다. 거리가 가까운 사람이 많을수록 세상으로부터 안전하다는 느낌을 받게 된다. 내가 아닌 다른 사람들은 절대 넘어올 수 없다고 스스로 정해두었던 경계를 풀고 아주 친한 몇 사람을 그 안으로 들어오게 하면 그들에게 특별한 감정을 느끼게 된다.

그동안 쓸데없는 규칙과 경계선을 너무 많이 긋고 살았다. 많은 친구들을 사귀었지만 나와 그들을 구분하는 경계는 엄격했고 누구든 그 안에 조금만 들

어와도 고슴도치처럼 움츠러들거나 화를 냈다. 아무에게도 나의 곁을 내주지 않기 위해 애썼다. 그것들이 무너지면 내가 무너지기라도 할 것처럼 예민하게 날을 세웠다. 이것만이 나를 지켜내는 힘이라고 믿으면서. 모든 사람들과 친한 듯이 보였지만 정말 친한 친구 한 명을 물었을 때 그 누구의 손도 잡지 못했다. 그렇게 위성처럼 일정한 거리를 두고 사람들 속을 떠돌며 외로웠던 이유를 이제는 알겠다.

나를 지킨다는 이유로 쌓아올렸던 단단한 성의 벽돌들을 하나씩 무너뜨려야겠다. 나와 다른 사람을 구분하는 경계선을 넘나들면서 사람들 사이에 좀 더 자유롭게 나를 놔주고 싶다. 세상을 향해 무한 경비 태세를 유지하면서 피곤하게 살았지만 이제는 조금 풀어줘야겠다. 가능하다면 다른 사람의 장벽도 무너뜨리고 그들의 영역 안으로 들어가고 싶다. 그렇게 내가 다른 사람과 공유하는 것이 우리를 갈라놓는 것보다 더 많아지게 하고 싶다.

'우리'라는 말로 묶을 수 있는 관계를 늘려가고 싶다. 내 영역 안으로 들어온 사람들은 더 큰 나를 만들어준다. 나를 세상으로부터 안전하게 보호해주고 내가 더 힘이 세지도록 힘을 보태준다. 내 영역은 내 안으로 들어오는 다른 사람에 의해 좁아지는 것이 아니라 그 사람의 영역만큼 넓어진다. 그 사람이 무너뜨린 내 안의 장벽은 나를 지켜주는 대신 나를 가두는 벽이었다. 그 벽을 넘어 다른 사람들의 손을 잡을 때 비로소 나는 자라기 시작한다.

신발을 벗고 들어가는 식당 앞에 가지런히 놓인 신발들이 좋다. 신발들이 줄 맞춰 정돈되어 있지 않아도 상관없다. 그저 그 신발의 주인들이 모여서 옹기종기 이야기를 나누는 느낌만으로도 혼자 웃는다. 정확히 그것이 따뜻함인지 즐거움인지 편안함인지는 알 수 없지만 그런 풍경을 보고 있으면 다정한 친구를 만난 느낌이다. 내가 더 많은 사람들의 신발을 신고 화장실에 갈 수 있도록 신발을 벗고 들어가는 식당이 많아졌으면 좋겠다.

하나뿐인 소중한 것들을
지켜주세요

아빠 이야기

아빠가 늙었는지 같은 말을 여러 번 반복하는 것이 싫다는 친구.

아빠가 오늘아침 무슨 추리닝을 입었는지 기억이 안 난다며 슬퍼하는 친구.

아빠가 요즘 무슨 일 때문에 바쁜지 전혀 모르는데도 아무렇지 않다는 친구.

아빠가 말하면 괜히 잘하던 일도 하기 싫다며 다시 사춘기가 온 것 같다는 친구.

아빠랑 눈도 마주치기 싫다며 주말에도 매일 어디론가 외출하는 친구.

모두가 중요한 하나를 놓치고 있는 이 느낌.

비상입니다! 아빠가 주말에 갑자기 서울에 오셨습니다. 그래서 생긴 일들입니다.

#0 아빠와 무엇이든 해야 할 것 같아 저녁 약속을 취소했습니다. 그런데 사람 많은 걸 싫어하는 아빠를 모시고 갈 만한 곳이 없습니다. 연말에다 주말이 겹쳐 어디든 사람들로 붐빌 테니까요. 그래도 오랜만에 서울에 오셨는데 마냥 집에만 있을 수도 없고 양재동 꽃시장에라도 가봐야겠다고 언니와 얘기해두었습니다. 우리 아빠는 나무를 좋아하시거든요.

#1 아빠와 무얼 해야 할지 고민 고민했는데 모두 필요 없게 됐습니다. 아빠는 집에 도착하자마자 낮잠을 주무십니다. 익숙하지 않은 길을 혼자 나선 게 많이 힘드셨나 봅니다. 예전에는 (불과 몇 년 전까지만 해도) 낮잠 자는 사람을 이해할 수 없다고 하시더니. 그런 아빠가 베개도 없이 방바닥에 누운 채 잠들어 있는 걸 보니 마음이 짠했습니다.

#2 형부, 언니, 나, 그리고 아빠가 한자리에 모였습니다. 3개월 만에 만난 부녀 사이. 게다가 사위까지 끼었으니 침묵이 돕니다. 대인관계를 위한 팁을 줄줄 외고 다녔는데도 정작 아빠와의 대화는 잘 풀리지 않습니다. 하나의 화제를 찾느라 진땀을 뺐는데 그나마도 두세 번 말이 오가면 대화가 뚝 끊기고 맙니다. 마음은 그렇지 않은데 참 이상하죠?

#3 언니가 결혼한 지 오래지 않아 아직 형부란 말이 입에 붙지 않았습니다. 언니가 연애하던 시절 친하게 지내던 습관 그대로 오빠라는 호칭을 씁니다. 이것 때문에 한 번 혼났는데, 그래도 저는 여전히 부모님 앞에서만 형부라 부르

고 그 외에는 제멋대로 오빠라 부릅니다. 아빠랑 이야기하다가 형부를 자꾸 오빠라고 부르는 나를 발견하고는 스스로 화들짝 놀랐습니다. 그러자 아빠가 말합니다. "뭐, 아무려면 어떠냐. 그냥 부르기 좋게 편한 대로 부르면 되지." 아빠가 변했습니다. 예전처럼 강하게 밀어붙이던 모습은 온데간데없고 우리가 원하는 것들을 살피고 맞추느라 안절부절입니다.

　#4 오랜만에 방문한 아빠를 위해 특별히 안방 텔레비전을 뉴스 채널에 맞췄습니다. 그리고 뉴스가 재미없어 내 방에 들어가려는데 아빠가 "텔레비전도 혼자 보니까 재미없다"라고 하시며 다시 내가 좋아하는 주말 오락 프로그램에 채널을 맞춥니다. 어린 시절 우리가 보고 싶어 하던 만화 프로그램 시간에 굳이 〈동물의 왕국〉을 보시겠다며 채널을 장악하던 아빠가 얄미웠던 기억이 납니다. 단순히 아빠가 약해진 것 같아서, 변한 것 같아서 마음이 아픈 것은 아닙니다. 그때 틀림없이 아빠도 〈동물의 왕국〉이 재미없었을 것입니다. 그러나 우리와 한마디라도 나눠보고 싶어서, 리모컨을 점령하기 위해 우리와 뒤엉켰던 그 시간이 좋아서 그랬을 것입니다. 그 애정 표현을 알아차리지 못했던 것이 미안합니다. 아무것도 모른 채 그저 아빠는 〈동물의 왕국〉과 뉴스만 좋아한다고 단정했던 시간들을 반성합니다.

　#5 아빠가 비행기를 타기 위해 공항으로 들어가는 것을 보고 모두 집으로 돌아와 앉았습니다. 낯선 곳에서 두리번거리던 아빠의 모습이 기억납니다. 아무래도 오래갈 것 같습니다. 이 모습을 다른 즐거운 모습들로 덮기 위해 노력해야겠습니다. 자주 전화 드리고 바빠도 마음을 내서 집에 다녀와야겠습니다.

블로그에 글을 올리다가 갑자기 울컥해졌다. 아빠라는 이름이 다정하고 편안한 느낌의 단어임에 틀림없는데 언제부터인가 괜히 마음을 무겁게 하는 단어가 되었다. 뭔가 일이 잘못 돌아가거나 내가 큰 잘못을 저지르는 느낌이었다. 이 글에 달린 많은 댓글들을 보면 이 느낌이 나만의 것은 아닌 듯하다.

그러고 보니 언제부턴가 아빠에 대해 아는 것이 없어졌다. 요즘 가장 큰 고민이 무엇인지까지는 아니어도 환히 웃음 짓는 모습이 어땠는지, 그 웃음을 본 것이 언제인지, 어떻게 그 웃음을 다시 돌려드릴 수 있는지, 도대체 무엇이 문제이고 어디서 엉킨 것인지, 어느 지점에서부터 다시 시작해야 하는지. 이 질문들에 자신 있게 대답할 수 없어서 슬프다.

어렸을 때 우리에게 주어진 것은 너무 적고 단순했다. 내가 보고 들을 수 있는 세상이라고 해봐야 가족이 전부였고 매일 장난감 상자를 부었다가 정리하면서도 하루를 재미있게 보냈으니까. 새로운 것을 경험하기 위해 여행을 떠나거나 또 다른 누군가를 만나서 마음을 나누는 일 따위는 어린 우리의 몫이 아니었다. 그때는 갖고 있는 것들을 소중히 여기고 잘 돌보면서 지낼 수 있었다. 아빠 엄마가 세상의 전부인 것처럼 뒤꽁무니를 따라다녔다.

시간이 지나면서 많은 사람들을 만나게 되었고 우리의 노력에 따라 많은 기회와 보상들이 주어졌다. 늘 새로운 무언가를 더 많이 갖기 위해 노력했다. 내 두 손은 항상 바쁘다는 이유로 아빠의 손을 잡을 시간이 없었다. 우리가 노력하지 않아도 그 자리에서 우리를 지켜줄 것 같았기에 그저 옆에 가만히 놓아둔 채 다시 들여다보지 못했다. 그렇게 많은 것들을 얻기 위해 내 손에서 놓아버린 것들은 내 마음속의 우선순위에서 점점 밀려난 채 자주 잊혀졌다.

나는 내 이야기를 풍성하게 하기 위해 여행을 가고 사랑을 했다. 이런 이야기들은 사람들의 안주거리가 되어 술상에 오르내리기도 했다. 많은 나라를 돌아다닌 것이 자랑거리가 되었고 다양한 에피소드를 갖고 있다는 사실에 스스로 뿌듯해하기도 했다. 그런데 그 사이 30년 넘게 가족이라는 이름으로 살아온 아빠와 나의 이야기는 9박 10일의 여행만큼도 에피소드를 만들어내지 못한다.

아빠 이야기도 우리가 노력하는 만큼밖에 가질 수 없다. 항상 그 자리에 있을 것 같지만 조금씩 변하고 상해서 없어진다. 그러니 우리는 매일 그것을 갈고닦기 위해 노력해야 한다. 주말마다 아니, 한 달에 한 번이라도 아빠와 산에 오르거나 커피숍에서 이야기를 나누는 사람은 그렇지 않은 사람보다 좀 더 풍성한 아빠 이야기를 갖고 있을 것이다.

한 사람이 태어나는 순간 이 세상에는 하나의 아빠 이야기가 탄생한다. 그리고 그 사람이 죽는 순간까지 그 이야기는 계속된다. 이 세상에 내 몫이 없을 수는 없고, 또한 한 사람이 두 개를 가질 수도 없는 이야기이다. 등장인물이 마음에 안 든다고 바꿀 수도 없는 이야기이다.

아빠와의 이야기는 아주 슬펐던 순간 혹은 서로에게 소홀했던 순간까지 하나의 큰 굴곡을 그리면서 스토리로 엮인다. 아빠와 함께했던 수많은 에피소드가 주르륵 연결되어 하나의 스토리가 된다. 어디서 틀어졌다고 해서 처음부터 다시 쓸 수도 없다. 끊어진 이야기는 끊어진 지점부터 다시 시작해야 한다. 아픔이 있다면 그 아픔을 치유해가는 과정부터 시작해야 한다.

가끔 전화 통화를 하지만 1분이 한 시간처럼 지루하고 당황스러운 사이, 서로 안부를 묻는 것조차 어색해서 통화조차 피하는 사이, 아무리 좋아하는 것을 기억해내려 해도 낚시밖에 떠오르지 않는 사이, 좋은 말을 하고 싶었지만 마음과는 다르게 퉁명스러운 대답이 먼저 튀어나오는 사이, 특별히 좋아하거나 존경하지도 않고 그렇다고 싫어하지도 않으며 만나도 반갑지 않은 사이, 같은 집에 살면서도 오늘 아침에 어떤 추리닝을 입었는지 기억나지 않는 사이. 어쩌면 우리는 지금 이렇게 지내고 있을지도 모른다.

그렇다고 실망하지는 말자. 이 물음부터 시작하면 된다. 오랜만에 놀러 온 아빠의 신발이 현관에 놓여 있다. 급하게 나가느라 아빠의 신발을 밟았고 아빠의 신발은 달려 나가던 내 발에 휩쓸려 옆으로 쓰러지면서 현관 밖으로 밀려났다. 나는 바쁜 걸음을 멈추고 그 신발을 두 손으로 들어 신발장 안에 넣어둘까? 아니면 발로 차서 대충 현관문 안에 밀어 넣고는 가던 길을 재촉할까? 일상의 작은 행동 하나하나에서 아빠에 대한 믿음과 존경을 다시 찾는 일부터 시작하면 된다. 매일매일의 생활 속에서, 생각 속에서 아빠를 마음에 품고는 그 마음들을 조금씩 표현하고 연결하면 된다.

아빠 이야기는 지금 끊어진 곳에서부터 다시 시작하면 얼마든지 이어붙일 수 있다. 어린 나를 수도 없이 잡아주었을 아빠의 손, 그 손이 어떤 느낌이었는지 언젠가는 기억해낼 수 있겠지. 그렇다고 나중에, 나중에를 부르짖으며 오랫동안 방치해두지는 말기를. 이미 오랜 시간이 지났음을 이제는 알아차리기를. 사랑할 시간이 많지 않음을 부디 깨달을 수 있기를. 이제, 하나뿐인 당신의 아빠 이야기를 들려주세요.

커플링과
비슷한 느낌

같은 책 두 권

반지나 보석은 선물이 아니다. 유일한 선물은 너 자신의 일부분이다.
그래서 시인은 자신의 시를 바치고 양치기는 어린 양을, 농부는 곡식을, 광부는 보석을,
사공은 산호와 조가비를, 화가는 자신의 그림을,
그리고 처녀는 자기가 바느질한 손수건을 선물한다.

랠프 월도 에머슨

책을 읽는 것보다 더 좋은 것은 책을 사는 것.
책을 사는 것보다 더 좋은 것은 책을 선물하는 것.
책을 선물하는 것보다 더 좋은 것은 같은 책을 나란히 읽는 것.

이거 읽어보니 좋더라. 너도 읽어봐.
하면서 내가 읽었던 책을 추천해주거나 빌려주는 것이 아니라
이 책 좋다더라. 같이 읽자.
하면서 같은 책을 두 권 사서 나란히 읽는 것을 좋아한다.

이렇게 친구와 나눠 읽은 책은
다른 사람에게 빌려주기 싫은 책이 된다.

책을 읽는 것보다 사는 것이 더 좋다. 아무리 열심히 읽어도 책 사는 속도를 따라가기가 어렵다. 그래서 우리 집에는 읽은 책과 읽지 않은 책이 같은 속도로 늘어난다. 믿을 만한 사람이 추천해준 책이나 읽고 싶은 책이 있으면 일단 사서 책장에 꽂아둔다. 지금 당장 읽지는 않더라도 일단 사서 꽂아둔다.

그리고 읽던 책을 다 읽은 다음 어떤 책을 읽을까 책장 앞에서 서성이는 시간이 좋다. 도서관 책장처럼 거대하지는 않지만 내 방 책장에서 한 권 한 권 책을 골라 읽는 느낌이 좋다. 읽어야 할 책들을 쌓아놓고 순서에 맞춰, 일정에 맞춰 읽는 것이 아니라 그날 기분에 따라서 혹은 끌리는 대로 책을 골라 읽고 싶은 것이다. 그러니까 내가 읽는 책은 두 번이나 선택된 것이다. 일단 구입을 위한 선택 그리고 읽기 위한 선택. 우리 집에는 읽은 책이 반, 읽지 않은 책이 반이다. 친구들은 읽지도 않을 책을 왜 사냐며 뭐라고 하기도 한다. 하지만 일단 사두면 언젠가는 읽게 된다. 가끔은 신간을 구입했는데 내가 다 읽기도 전에 반값 할인을 해서 속상한 경우도 있지만.

내가 책을 사는 것보다 더 좋아하는 일이 있다. 바로 다른 사람에게 책을 사주는 것이다. "이거 읽어보니 좋더라. 너도 읽어봐." 이렇게 내가 읽었던 책을 추천하거나 빌려주는 것이 아니라 "이 책 좋다더라, 같이 읽자"라고 말하는 것을 좋아한다. 같은 책을 두 권 사서 나란히 나눠 갖고는 둘이 동시에 읽는 것이다.

그렇게 친구랑 엄마랑 동료랑 같이 읽으려고 산 책 두 권이 하룻밤 동안 내 책장에 나란히 꽂혀 있는 것도 좋고, 한 권을 선물하고 나서 한 권만 남아 있는 것도 좋다. 커플링이 기분 좋은 이유와 비슷하다. 그 책을 보고 있으면 친구의 책장에 꽂혀 있을 그 책의 짝꿍이 생각나서 기분이 좋아지는 것이다.

내가 읽고 싶은 책을 골라서 두 권 사기도 하고, 친구가 읽으면 좋겠다 싶은 책을 두 권 사기도 한다. 사실 내가 좋아하는 책을 선물하는 일은 굉장히 까다로운 일이다. 모든 선물이 그렇지만 특히나 책은 받는 사람의 취향이 굉장히 중요하기 때문이다. 가방이나 셔츠처럼 선물 받아 대충 쓸 수 있는 것이 아니다. 갖고 있는 것만으로 의미가 있는 것이 아니라 친구가 읽고 싶은 마음이 생겨서 기꺼이 시간을 들여 책을 읽어줘야 선물로서의 의미가 있기 때문이다. 그래서 내가 좋아하는 책을 골라 선물할 때면 훨씬 더 조심스러워진다. 한 번쯤은 나의 취향에 따라 함께 즐거워해주기를 바라는 마음이 있기도 하고.

친구가 좋아하는 책을 두 권 사는 것은 비교적 쉽다. 어떤 취향인지, 어떤 작가를 좋아하는지, 평소에 무엇에 관심이 있는지를 안테나를 켜고 살펴야 한다. 내가 가장 주고 싶은 선물은 친구가 좋아하는 작가의 신간이다. 특히나 좋아하는 작가의 1쇄 책을 사는 것은 의미 있는 일이다. 물론 이때도 두 권을 산다. 이런 선물은 받을 때도 기쁘고 줄 때도 기쁘다. 그 책을 읽으면서 친구가 왜 그 작가를 좋아하는지, 어떤 점에 끌렸는지, 내게는 어떻게 다가오는지 생각해본다. 그렇게 그 친구의 취향을 공유한다.

친구가 좋아하는 작가, 추천해주는 책을 같이 읽는 것은 내 관심사를 확장하는 일이기도 하다. 사진을 좋아하는 친구에게 사진집을 선물하면서 나도 한 권 사보기도 하고, 친구에게 책 한 권을 사주기로 하고 서점에서 친구가 고른

책을 나도 같이 골라 온다. 이는 내가 관심을 갖는 분야, 내가 좋아하는 작가에게만 쏠리는 시선을 확장하는 작업이다.

같은 책을 읽는 것은 같이 영화를 보는 것과는 조금 다르다. 영화를 보고는 등장인물이며 스토리에 대해 이야기하기 바쁘다. 느낌이 어땠는지, 너무도 쉽게 재미있다 없다는 이야기를 하고 느낌을 공유한다. 그러나 둘이 같은 책을 읽었을 때는 그런 이야기를 섣불리 나누지 않는다. 둘이 동시에 책을 펼치더라도 읽는 속도가 다르기 때문이다.

대개 각자가 은근히 음미하다가 어느 순간 이야기가 나오는 경우가 많다. 성석제의 《재미나는 인생》을 나눠 읽은 친구와도 그때는 아무 이야기를 하지 않았다. 그러다가 《농담하는 카메라》가 신간으로 나왔을 때 오래전에 읽었던 그 책에 대해 이야기를 나눴다. 내가 어떤 스토리가 재미있었다고 하면 친구는 그걸 전혀 기억 못하기도 하고, "그래 맞아, 나도 웃었어"라며 맞장구쳐주기도 한다. 또 마찬가지로 친구가 "난 이 에피소드가 진짜 재미있더라"라고 하면 나는 전혀 기억이 나지 않아서 처음부터 친구에게 설명을 듣기도 한다. 그런 과정을 거쳐 그 책은 내게 특별해진다.

같은 물건을 나눠 갖는 것은 친구를 사귀는 가장 좋은 방법이다. 그 물건을 쓰는 동안 서로를 생각하면서 빙긋 웃는 시간도 그렇고, 그 물건을 바라보기만 해도 어딘가 나의 짝꿍이 있는 것 같은 든든한 느낌이 들기 때문이다. 그렇게 우리는 커플링을 나눠 꼈고, 커플티를 나눠 입었고, 커플신발을 나눠 신었다. 친구들과 똑같은 공책을 사기도 했고, 지우개를 하나 사서 나눠 갖기도 했다. 똑같은 립스틱을 사서 나눠 가졌고, 똑같은 볼펜을 사서 쓰기도 했다. 같은 것을 나란히 나눠 갖는 것은 기분 좋은 일이다. 친구들과 같은 것을 나눠 갖는 것, 그것은 나만의 애정 표현법이기도 하다. 같은 것을 쓴다고 같은 느낌은 아니겠지만 어디엔가 이 물건의 짝꿍이 있다는 생각이 들면 볼펜도, 립스틱도, 책도, 휴대전화줄도, 거울도 외롭지 않을 것 같아서 좋다.

언젠가는 이런 것도 해볼 작정이다. 친구를 세 명쯤 모아서 매해 같은 선물을 서로에게 사주는 것이다. 우리는 같은 해에 같은 선물을 받는다. 매해 우리가 받고 싶은 물건을 의논해서 정하고, 그해에는 그 물건을 선물받는 것이다. 똑같은 것으로. 내 생일에는 친구 세 명이 돈을 모아서 내게 사주고, 다른 친구의 생일에는 나머지 친구들이 모아서 사주는 식이다. 그렇게 매해 여행 가방을 살 것이고, 멋진 코트를 살 것이고, 편한 신발을 살 것이고, 챙이 넓은 모자를 살 것이고, 똑같은 스카프를 살 것이다. 그렇게 여행 스타일이 모두 모이면 우리는 여행을 떠날 것이다. 좀 오랜 시간이 걸리겠지만 근사한 방법이다. 10년이면 되지 않을까? 10년 동안 여행을 위한 물건들을 하나씩 모아두고, 걸 그룹처럼 비슷하지만 조금씩 다른 스타일로 챙겨 입고 여행을 떠나고 싶다. 아, 10년이나 걸려버리면 유행에 뒤처져서 좀 촌스러워지려나.

같은 책을 나눠 읽는 것은 닮은 물건을 갖는 것이 아니라 닮은 생각을 하나 갖는 것이다. 책을 읽으면서 친구가 이 대목에서 어떤 표정을 지을지를 생각하며 웃음 짓는다. 누군가 나와 비슷한 느낌을 느낀다고 생각하면 마음이 따뜻해진다. 어딘가를 같이 여행한 느낌이랄까. 같은 것을 보고 각자의 방식으로 해석해서 느낌은 다르겠지만, 그렇다고 완전히 다르지는 않을 것이다. 그것이 정확히 어떤 것인지 서로 공유하지 않더라도 누군가와 같은 추억을 갖고 있다는 것은 세상을 살아갈 힘을 준다. 친구가 오래전에 선물로 준 책을 읽었다고 하면 나도 다시 꺼내 보게 된다. 그리고 내 책장에 가지런히 놓여 있는 책을 볼 때면 내가 준 책들은 잘살고 있는지 궁금해지기도 한다. 이런 책들은 다른 사람에게 빌려주기 싫은 책이 된다.

내가 가진 병 중 돈이 가장 많이 드는 병. 하지만 그만큼 가슴 뿌듯해지는 병. 중독이 심한 병. 절대 고치고 싶지 않은 병. 책 사주는 병을 나는 사랑한다. 한 달에 책값으로 몇 십만 원을 지출하고도 뿌듯해서 히죽 웃음이 나온다.

혼자놀기 SEASON 2
플레이!

글 | 강미영
사진 | 안태영

초판 1쇄 인쇄일 2010년 12월 31일
초판 1쇄 발행일 2011년 1월 7일

발행인 | 한상준
기획 | 박재호, 이둘숙
편집 | 윤정숙
마케팅 | 김현우
독자관리 | 이재희
디자인 | 나윤영
종이 | 화인페이퍼
출력 | 경운출력
인쇄·제본 | 영신사

발행처 | 비아북(ViaBook Publisher)
출판등록 | 제313-2007-218호(2007년 11월 2일)
주소 | 서울시 마포구 연남동 567-40 2층
전화 | 02-334-6123   팩스 | 02-334-6126   전자우편 | crm@viabook.kr

ⓒ 강미영·안태영, 2011
ISBN 978-89-93642-27-8   03800

- 이 책의 전부 또는 일부를 이용하려면 저작권자와 비아북의 동의를 받아야 합니다.
- 이 도서의 국립중앙도서관 출판시도서목록(CIP)은 e-CIP 홈페이지(http://www.nl.go.kr/cip.php)에서
  이용하실 수 있습니다. (CIP 제어번호:2010004672)
- 잘못된 책은 바꿔드립니다.